COLLECTION DE ROMANS POPULAIRES

20ᶜ

PAUL COMTAT

NOTRE FRONTIÈRE

5. Rue Bayard. PARIS

Notre Frontière

PAR

Paulin COMTAT

PARIS, 5, rue Bayard, PARIS

Notre frontière

PREMIÈRE PARTIE

Une foule compacte encombrait la cour de la gare de Pont-sur-Goule, et Jacques Lauderet, tout heureux d'avoir endossé son uniforme de lieutenant d'artillerie, vit que, parmi ces gens, beaucoup se pressaient pour lire l'affiche de mobilisation placardée près de la porte d'entrée. Sur cette affiche, une date se lisait en gros caractères : 12 juin. C'était le premier jour de la mobilisation.

Un bruit confus de voix s'élevait du sein de la foule, et Jacques entendit quelques exclamations lancées d'un ton de bonne humeur :

— Enfin! ça y est!

— Pas trop tôt, les enfants !

Puis, dominant le brouhaha, ces deux cris revenaient avec persistance :

— Vive la France! Vive l'armée!

Parmi ces hommes en blouse ou en veston, Lauderet s'avançait, entouré d'un respect non dissimulé que suscitait la vue de son uniforme. Sur son passage, les cris de « Vive l'armée! » redoublaient et la plupart de ces gens redevenus soldats se découvraient en le voyant comme s'ils eussent désiré reprendre au plus vite les habitudes du métier militaire ; lui même se sentait ému devant ces manifestations spontanées de patriotique allégresse. Oui! c'était cette fois pour tout de bon! La guerre était déclarée à l'Allemagne, et si la nouvelle, apprise la veille par les affiches de mobilisation, avait d'abord causé quelque stupeur, ce sentiment, bien vite, fut remplacé par un réel soulagement. Jacques avait pu le constater déjà dans son usine, dans la petite ville de Pont-sur-Goule, bouleversée par ce coup de foudre imprévu, comme aussi maintenant à la gare, parmi ces réservistes venant s'embarquer pour répondre à leur ordre d'appel. Partout on sentait dominer une joie confiante.

— Il vaut mieux en finir! disaient les uns.

— Voilà trop longtemps que cela dure! appuyaient les autres.

L'accord marocain n'avait été qu'un leurre ; nous avions sacrifié le Congo sans rien acquérir par ailleurs, et, maintenant, sur une nouvelle menace, en échange d'un Togo plus ou moins improductif, nous devions céder tout le Gabon! Et cela, sous prétexte que le kaiser prétendait nous demander tout le bassin du Congo, en nous laissant, à titre de compensation, le bassin du Niger! Non, non! Cette fois, c'en était trop! Nous avions assez travaillé pour le roi de Prusse! L'opinion générale avait fini par se révolter, et l'on approuvait d'une façon unanime nos ministres qui avaient catégoriquement refusé d'entrer en pourparlers avec l'Allemagne. La guerre, oui! mieux valait la guerre!

Et Jacques, en voyant cette joie profonde, ne pouvait s'empêcher d'établir une comparaison avec le passé. Brusquement revinrent à son esprit les récits que son père lui avait faits de la mobilisation de 1870, de l'entrain de nos soldats, et des cris : « A Berlin! » qui retentissaient dans toute la France. Aujourd'hui, cette fougue irréfléchie n'avait pas lieu. On devinait chez tous les citoyens moins d'emballement, plus de calme. Ce n'était point un vertige qui nous entraînait, c'était réellement l'amour de la France, le sentiment de notre dignité qui semblaient pénétrer tous les cœurs. Nous n'attaquions pas, et le monde entier savait que notre patience avait été longue, trop

longue, disaient bien des gens ; nous nous défendions, et nous
voulions, une fois de plus, prouver que les Français n'avaient
rien perdu de leur vaillance, et qu'ils savaient, devant l'ennemi, imposer silence à leurs querelles mesquines. L'élan
populaire était superbe, et Jacques sentait, sous sa tunique à
parements écarlates, son cœur bondir de joie.

En voyant le présent, il songeait également aux tristes jours,
pas bien lointains, où, dans tout le pays, avait semblé passer
comme un vent de folie, mais une folie contraire à celle qui
marqua la fin du règne de Napoléon III. Il avait vu, lui, l'armée
dénigrée, les régiments sifflés sur leur passage par quelques
énergumènes qui semblaient prendre à tâche de pervertir les
honnêtes gens et d'affaiblir en eux le culte de la patrie ; il avait
vu l'antimilitarisme s'installer, triomphant, dans les écoles, les
conférences contre l'armée se faire librement jusqu'à Pont-sur-
Goule, et les journaux néfastes, qui prêchent la crosse en l'air,
se répandre dans le peuple. Et Jacques pensa :

— L'excès en tout est un défaut ; en 1870, la France a souffert d'un excès de confiance dans son armée quand elle la crut
capable de triompher de la formidable puissance prussienne ;
plus tard, nous fûmes éprouvés par l'excès contraire ; maintenant, nous sommes dans le juste milieu ; tout ira bien!

D'un pas léger, il entra dans la gare, fit viser son ordre
d'appel et pénétra dans la salle d'attente.

Jacques Lauderet, ancien élève de l'École Centrale, dirigeait,
à trois kilomètres de Pont-sur-Goule, une usine électrochimique
où l'on fabriquait surtout du carbure de calcium. Il venait
d'avoir trente ans, et son père, qui jadis avait créé cette manu-
facture, lui en avait laissé la direction l'année précédente, peu
de temps avant sa mort.

A l'endroit où s'élève l'usine, la Goule est encaissée dans une
gorge étroite, de sorte qu'il avait été facile de créer une forte
chute, et l'affaire, sous l'active et prudente direction de Jacques,
était en plein essor.

La veille, quand, vers 11 heures du matin, on avait appris
par les affiches de mobilisation que la guerre était déclarée,
Jacques, immédiatement, avait fait fermer les vannes des tur-

bines, éteindre les feux des chaudières, et il avait réuni tous ses ouvriers pour leur communiquer la nouvelle. L'usine ne pouvait plus fonctionner, les trois quarts environ du personnel devant être mobilisés ; en outre, les approvisionnements et les expéditions ne pourraient plus désormais se faire, tous les moyens de transports étant réquisitionnés. Plus de charrettes, plus de chevaux, plus de wagons de chemin de fer. Aussi bien, plus de clients, tous les industriels étant dans les mêmes conditions. Jacques avait donc congédié son personnel après lui avoir fait ses adieux et communiqué son espérance et sa joie. D'ailleurs, il sentit bien qu'il avait été compris de tous ; l'attitude générale le lui prouva. En arrivant à la gare, il avait retrouvé quelques-uns de ses ouvriers qui vinrent, avec un geste confiant et sympathique, lui adresser un dernier adieu.

Dans la salle d'attente, la foule était aussi nombreuse. Bien des hommes étaient là, bien des femmes, également, qui voulaient accompagner leur père, leur frère ou leur mari le plus longtemps possible. Il y avait, sans doute, quelques larmes furtives, brusquement séchées au coin de l'œil, mais, dans l'ensemble, l'allure de tout ce monde était digne et sereine. Et, parmi les employés de chemin de fer mobilisés qui passaient affairés, munis de leur brassard, Jacques regardait tous ces réservistes portant chacun leur léger bagage ; il reconnut le patron du *Café du Commerce*, le quincaillier de la place de l'Eglise, d'autres commerçants, des ouvriers. Il fut même surpris en en distinguant, parmi ces derniers, plusieurs connus comme antimilitaristes. Lors d'une grève qui avait désolé Pont-sur-Goule quelques années auparavant, certains ouvriers s'étaient fait remarquer par leur attitude nettement hostile à l'armée. Aujourd'hui ils n'avaient plus l'air insultant de jadis, et quand le jeune homme passa près d'eux, tous le saluèrent, quoiqu'il fût officier et patron.

Parmi la foule, Lauderet reconnut encore, vêtu de l'uniforme de sous-lieutenant d'infanterie, M. Tavin, un jeune propriétaire des environs qu'il connaissait de vue. Une camaraderie spontanée les rapprocha tout de suite ; ils se serrèrent amicalement la main.

— Eh bien! nous partons, mon lieutenant! dit M. Tavin d'un air enjoué ; c'est le grand jour!

— Mais oui! répondit Jacques, et je n'en suis pas fâché! Où allez-vous rejoindre?

— A Lyon.

— Moi, je vais à Saint-Léonard, retrouver mon 67ᵉ régiment d'artillerie. J'aurai donc le plaisir de faire route avec vous jusque-là.

Tout en causant, les deux officiers étaient sortis sur le trottoir. Il régnait dans la gare une activité fébrile.

— Que font donc là-bas tous ces employés ? demanda M. Tavin en montrant une équipe qui déchargeait des fourgons de marchandises sur le quai.

— On débarrasse les wagons, reprit Jacques ; tout est mobilisé pour ce grand jour, comme vous l'avez appelé ; les pauvres marchandises expédiées aux particuliers seront transportées au petit bonheur, quand on aura le temps et le matériel, peut-être seulement après la guerre. A l'heure actuelle, on a besoin de tous les wagons pour embarquer les hommes, les chevaux, les voitures, les canons, les munitions et les vivres. Désormais, cher Monsieur, tout est pour la patrie : nos ressources, nos forces, nos cœurs.

— C'est vrai, répondit Tavin ; mais, avouez qu'en temps de paix, on se fait difficilement une idée de ce que peut être la mise en mouvement d'un organisme aussi formidable que l'armée nationale.

— Il y a, répondit Jacques, quelque chose dont on se serait peut-être encore moins douté, c'est l'unanimité du pays, pour approuver cet acte solennel de la déclaration de guerre ; c'est aussi la bonne humeur de tous ces réservistes, et le courage, disons le mot, le courage de leur femme, de leur mère, de leurs sœurs ; regardez-les.

Tavin, pensif, le cœur plein d'émotion, approuva de la tête et resta silencieux.

Cependant, le train finit par entrer en gare ; ses nombreux voyageurs étaient enthousiastes et, dès l'arrêt, firent retentir les cris de : « Vive l'armée! Vive la France! »

Dans plusieurs wagons, on chantait la *Marseillaise* ; on s'appelait, on cherchait des camarades du même régiment.

— Par ici, le 38° d'infanterie!

— Eh! là-bas, les zouaves!

Et le train reprit sa marche parmi les clameurs joyeuses et les adieux émus.

Jacques et Tavin se trouvèrent dans un compartiment occupé déjà par plusieurs officiers de réserve, avec lesquels ils eurent vite fait connaissance.

A chaque gare, c'étaient le même enthousiasme, les mêmes clameurs. Mais, malgré le bruit, malgré les conversations animées que l'on tenait autour de lui, Jacques, pour la première fois peut-être depuis la déclaration de guerre, revit le passé, et il éprouva comme quelque regret en songeant aux doux projets que la mobilisation venait si brusquement d'interrompre.

II

Né dans une usine électrique, Jacques Lauderet avait grandi parmi les dynamos, et, dès son enfance, son esprit curieux avait été poussé par un vif penchant, vers l'électricité. Longtemps avant son entrée à l'Ecole centrale, il avait organisé, dans un coin de l'usine paternelle, un laboratoire où il étudiait tout seul les mystères de cette force étrange que l'on emploie sans la connaître, et, par l'application rationnelle de certaines de ses idées, il avait contribué à perfectionner l'outillage de l'usine. Son séjour à l'Ecole centrale lui avait permis d'approfondir l'étude qui lui était chère, à tel point qu'il avait été remarqué par M. Nardin, un homme éminent, membre de l'Institut, qu'il eut comme professeur d'électricité. Les relations entre le maître et l'élève débutèrent par des explications que le jeune homme demanda sur une partie du cours demeurée obscure. Le savant, surpris par la perspicacité, la réflexion et le désir de s'instruire du jeune homme, s'était intéressé à lui, et vite l'avait estimé d'une façon particulière. De son côté, Lauderet se sentait attiré vers son maître par cette sympathie naturelle entre gens ayant les mêmes goûts et se livrant aux mêmes études.

Un beau jour, le jeune homme reçut de M. Nardin une invitation pour assister à une soirée que donnait le savant. Il accepta et fit, chez son professeur, la connaissance de sa fille, Mlle Madeleine Nardin. C'était, à cette époque, une toute jeune personne de dix-huit ans environ, et, de même que Jacques avait, dès l'abord, éprouvé pour le père un sentiment très vif de respectueuse sympathie, de même fut-il attiré par le charme indicible de la jeune fille à laquelle il voua la même admiration. M. Nardin lui-même avait présenté Jacques à Mlle Madeleine, et il l'avait fait en des termes très élogieux pour lui. Lauderet remporta de cette première entrevue le souvenir le plus charmant.

Depuis, les deux jeunes gens eurent plusieurs fois l'occasion de se rencontrer pendant le séjour de Jacques à l'Ecole. Ils se virent dans des réceptions solennelles, puis ensuite dans des circonstances plus familières. Jacques fut invité plusieurs fois à dîner chez son professeur; il fréquenta le salon de Mme Nardin. Après sa sortie de l'Ecole, il eut la joie de voir le savant répondre à l'invitation qu'il lui fit de venir à Pont-sur-Goule et de visiter son usine. M. Nardin profita, pour venir voir Jacques, d'un voyage qu'il faisait avec sa fille, et cette présence chez lui, de Mlle Madeleine et de son père, fut pour le jeune homme un bonheur profond. Plus il fréquentait Mlle Nardin, plus cette idée devenait précise en son cœur qu'elle était charmante et qu'il l'aimait. De son côté, Mlle Madeleine semblait prendre plaisir à le rencontrer, à causer avec lui, à s'intéresser à ses travaux. Et alors, Jacques ébaucha le plus doux des rêves : celui de demander la jeune fille en mariage. Les événements, d'ailleurs, semblaient rendre son espoir légitime, et la bienveillance de M. Nardin à son égard se manifestait de plus en plus évidente. Une dernière circonstance vint achever de dissiper les hésitations de Jacques.

Depuis longtemps, il s'était passionné pour la télégraphie sans fil, et il fut enthousiasmé lorsqu'il lut la relation des sensationnelles expériences de l'Américain Tesla et de l'illustre professeur français Branly. Ces deux physiciens étaient parvenus à provoquer à distance, sans le secours d'aucun fil métallique, l'allumage d'une lampe électrique. Il s'agissait là d'un emploi curieux du courant qui influence la lampe comme, en parcourant une antenne de télégraphie sans fil, il influence, même à de grandes distances, et sans leur être nullement relié, les appareils récepteurs d'un poste quelconque.

Jacques approfondit ces nouvelles découvertes, apporta plusieurs perfectionnements remarquables aux procédés déjà trouvés, et, de toute son ardeur, se mit à chercher la solution du problème qui tourmente tous les savants de notre époque : le transport de l'énergie à distance, au moyen de l'électricité transmise sans fil. Pour lui, cette parole de Tesla n'était pas une boutade : « Dans quelques années, l'Amérique enverra à l'Europe, par-dessus l'Atlantique, l'énergie du Niagara. »

Jacques trouvait la réalisation de cette prophétie toute naturelle, et il ne cessait de se répéter :

— Pourquoi serait-ce une utopie ? Ne communique-t-on pas directement, par la télégraphie sans fil, de Paris à Fez, du Finistère à Terre-Neuve ? Serait-il donc plus difficile, pour commencer, d'envoyer un fort courant à quelques kilomètres qu'un courant faible à des milliers de lieues ? Quelle simplification, quand nous serons arrivés à ce résultat ! Notre barrage de Pont-sur-Goule pourrait alimenter les villes voisines, les bourgs et même les fermes dans la campagne. Plus de lignes aériennes à surveiller, à entretenir ; plus de sous-stations onéreuses, plus de personnel nombreux ! Rien que l'usine centrale qui desservirait sans aléas tout le réseau !

En poursuivant ses recherches, il avait fini par construire un petit bateau qu'il fit évoluer sur la Goule, dans le bief amont de l'usine qui formait un véritable lac long d'environ deux kilomètres. Sur cette eau tranquille et riante, les riverains eurent un jour la stupeur de contempler ce phénomène : le petit bateau, bien trop exigu pour supporter même un enfant, évolua, s'arrêta, vira de bord, pivota sur lui-même, repartit droit devant lui. Des lampes fixées au mât s'allumèrent, s'éteignirent. Et, pour produire ce prodige, seul, Jacques suffisait. Il était assis sur la rive, près de l'usine, parmi tout un attirail de fils et de bobines d'induction. Au moyen d'une série de manettes et de touches, il lançait les ondes électriques que l'antenne placée sur le petit bateau recueillait et transmettait, selon la manœuvre effectuée par Jacques, soit au gouvernail, soit au moteur, soit aux autres organes placés à bord de l'esquif. Ceux qui s'approchèrent de l'ingénieur, à ce moment, le virent comme transformé, grisé par ce succès. Quand ce fût fini, quand le canot obéissant fut revenu s'arrêter près de la rive, à ses pieds, Jacques abandonna ses appareils, et des larmes de bonheur roulèrent de ses yeux. Le soir même, il rédigea fiévreusement un mémoire qu'il fit parvenir à M. Nardin. La réponse ne se fit pas attendre : le savant exprimait son admiration pour le merveilleux résultat, et manifestait le désir d'assister lui-même à ces expériences. Jacques bondit de joie, et s'empressa de l'inviter à venir les répéter.

Peu de jours après, M. Nardin arrivait à Pont-sur-Goule, accompagné de Mlle Madeleine, aussi désireuse que son père d'assister à ces sensationnelles expériences. Suivant les indications de Jacques, il procéda lui-même à la manœuvre du bateau, et promit de présenter le résultat de ces brillantes recherches à l'Académie des sciences. Le jeune homme rayonnait ; non seulement il avait grandi dans l'estime du savant, mais encore il avait pu faire ses expériences en présence de Mlle Madeleine, et son rêve lui paraissait maintenant pouvoir devenir une réalité.

Toutefois, il n'osa pas faire sa demande de vive voix à M. Nardin pendant le séjour qu'il fit à Pont-sur-Goule et résolut de lui écrire après son retour à Paris. Jacques comptait remercier par lettre son ancien professeur à la suite de la communication qu'il devait faire de ses recherches à l'Académie ; ce serait là, pensait-il, une circonstance des plus favorables pour lui révéler son amour pour Madeleine.

Aussi, attendit-il avec impatience le jour où la docte assemblée devait prendre connaissance de ses travaux. Dans sa fièvre, il n'avait prêté qu'une attention bien mince aux événements de notre politique extérieure, et il fut, plus que tout autre, stupéfait par la déclaration de guerre qui interrompit brusquement ses projets scientifiques. Mais, aussi bon patriote que bon ingénieur, il se prépara sans retard à remplir son devoir. Son caractère enthousiaste lui fit oublier les sciences et l'électricité pour ne penser qu'à la patrie. Il fit allègrement sa cantine, prit ses dispositions en vue de la campagne, et partit pour rejoindre son régiment à Saint-Léonard.

III

Pendant tout le trajet en chemin de fer, la conversation entre officiers roula naturellement sur la guerre, et Jacques apprit les rumeurs qui circulaient. Les hostilités étaient commencées depuis vingt-quatre heures seulement, et les journaux, privés de leur personnel, de leurs reporters, de leurs vendeurs et de leur moyen de transport, ne paraissaient pas.

Néanmoins, les on-dit faisaient rage :

— Les Allemands ont envahi Nancy, disait l'un.

— Ce n'est pas confirmé, répondait l'autre ; par contre, nos aviateurs, au cours d'une audacieuse randonnée, ont pu cribler le pont de Kehl de bombes de mélinite. Le pont est coupé, la mobilisation des Allemands est entravée, d'autant que, sur tous leurs points de concentration, nos dirigeables et nos aéroplanes ont multiplié les dégâts. On ne parle que de convois de chemin de fer déraillés, de voies obstruées, d'ouvrages d'art détruits. Dans les gares, nos bombes ont mis hors de service les aiguilles, les plaques tournantes. Les voies ferrées allemandes sont inutilisables pour la mobilisation.

— Tout cela serait merveilleux, si c'était possible, répondit un lieutenant ; mais pouvons-nous y croire?

— Pourquoi pas? répondit vivement Jacques.

— Mais..... la distance.....

— La distance ? Mais notre flotte aérienne est coutumière de prouesses plus audacieuses que celle qui peut consister à pousser une pointe profonde en territoire allemand! Rappelez-vous que, dès 1911, notre dirigeable *l'Adjudant-Réau* accomplit un voyage de 850 kilomètres, sans escales, en vingt et une heures, revenant à Paris, son point de départ, après avoir longé toute notre frontière de l'Est et reconnu toutes nos places fortes.

Rappelez-vous encore que, cette même année, un aviateur hardi, Védrines, alla, toujours sans escale, de Paris à Angoulême, couvrant 450 kilomètres sans toucher terre. Depuis, nous avons vu nos pilotes répéter si souvent, sur des vols d'une distance encore plus considérable, des exploits analogues, que notre admiration n'est même plus éveillée par ces randonnées admirables. Or, je vous le demande, comparées aux distances que nous avons vu couvrir par nos dirigeables et par nos aéroplanes, que sont les distances à vol d'oiseau qui séparent nos villes frontières de quelques-unes des localités importantes de l'Allemagne ? Nancy n'est qu'à 90 kilomètres de Saarbrück, à 120 de Strasbourg ; de Verdun, il n'y a que 35 kilomètres jusqu'à Metz, et 180 jusqu'à Coblentz. Même en tenant compte du trajet pour le retour et des évolutions au-dessus du point visé, vous voyez que des pilotes de nos parcs aérostatiques frontières ont fort bien pu causer des dégâts même au delà du Rhin. L'entreprise est audacieuse, sans doute, mais parfaitement réalisable.

— On m'a dit, ajouta un autre lieutenant, que le *Zeppelin XXIV* a été détruit.

C'était tout un ensemble confus de nouvelles douteuses.

Jacques, parmi toutes ces rumeurs, ne pouvait s'empêcher de penser à Mlle Madeleine, à M. Nardin, et cette idée finit par l'attrister. Mais ce ne fut qu'un éclair et, bien vite, il se rappela certaine conversation qu'il avait eue naguère avec la jeune fille : elle était membre de la Croix-Rouge, et, si la guerre éclatait, elle comptait partir, elle aussi.

— C'est une vaillante, pensa Jacques, et je l'admire! Quel blessé ne pourrait guérir soigné par une Sœur de charité pareille ? Sœur de charité ? Oui, sans doute, elle en était une ; ne lui avait-elle pas dit :

— Si je pars lors de la déclaration de guerre, ce sera pour Dieu et pour la France : pour Dieu, parce que je suis chrétienne et que c'est faire œuvre sainte que de secourir les blessés; pour la France, parce qu'une femme française se doit à la patrie aussi bien qu'un homme. Le patriotisme n'est pas uniquement l'apanage du sexe fort, je suppose?

En revenant à la mémoire de Jacques, ces nobles paroles lui rendirent vite le courage et la mâle gaieté. Pendant la fin du trajet, il réfléchit encore aux événements qui venaient de se dérouler d'une façon si brusque, et se souvint du projet qu'il avait formé de confier à M. Nardin le secret de son cœur. Il prit la résolution de le faire au plus vite, et, sitôt qu'à Saint-Léonard il eut quitté le train, il se rendit au buffet, et, dans le tumulte de la gare, écrivit la lettre suivante :

Monsieur Nardin, 495, rue de l'Université, Paris.

MONSIEUR ET CHER MAÎTRE,

J'ose à peine vous avouer que, dans l'émotion causée depuis vingt-quatre heures par le grand branle-bas de la mobilisation, j'ai oublié mon industrie, mes expériences, mes études, mon laboratoire. Mais je m'étais bien promis de vous écrire dès que j'aurais une minute pour le faire. Hier, à Pont-sur-Goule, ce fut impossible ; j'ai dû fermer l'usine, congédier le personnel ; il m'a fallu faire mes préparatifs de campagne et partir pour Saint-Léonard où je viens d'arriver. Mais, comme je prévois qu'après avoir rejoint mon régiment, ma besogne ne chômera pas, j'ai voulu vous donner de mes nouvelles avant d'aller au quartier.

C'est de la gare même que je vous écris, tout étourdi par le chant de la *Marseillaise* et par les cris de : « Vive la France ! » qui retentissent sans fin. L'enthousiasme de tous ces réservistes est un spectacle bien réconfortant, d'autant plus que pas une clameur discordante ne se fait entendre. Au milieu de toute cette joie, seule, une chose m'attriste un peu. J'aurais voulu que mes expériences aient été plus poussées, que mes résultats soient aujourd'hui plus positifs. Quels avantages notre France n'obtiendrait-elle pas, pendant la campagne actuelle, si le problème de la direction à distance des torpilles automobiles était enfin résolu ! Vous avez vu, par vous-même, lors de votre récent voyage à Pont-sur-Goule, quand vous avez assisté aux évolutions de mon petit bateau, quelles espérances je pouvais concevoir. Vous avez bien voulu m'attribuer le mérite de ces recherches, bien que ce soit à vos conseils, à vos encouragements que je doive ces résultats si remarquables. Le procédé que j'ai adopté, théoriquement est inattaquable, mais le mode de cheminement dans l'air de cette onde mystérieuse qu'est le courant électrique reste encore défectueux. Nous perdons trop de force en route, et notre courant se comporte comme de l'eau s'écoulant dans un tuyau trop long ou d'une section trop petite. Cette eau épuise sa force avant d'arriver au bout du tuyau, et de même l'électricité use la sienne avant d'avoir pu rayonner bien loin. Pour moi, la solution du problème réside donc dans ce point : permettre à l'onde électrique de cheminer dans l'air à la façon d'une goutte d'huile cheminant dans l'eau, sans qu'il y ait mélange entre les deux fluides en contact et sans frottement appréciable. C'est là ce que je cherchais quand la déclaration de guerre a brusquement interrompu mes études. Aujourd'hui, je ne dois plus savoir qu'une chose : nous en sommes au deuxième jour de la mobilisation ; je suis adjoint au chef d'escadron commandant le deuxième groupe de la vingt-cinquième division, et nos trois batteries doivent s'embarquer dans cinq jours. Je suis sûr qu'elles n'ont pas de temps à perdre, aussi, persuadé que les bonnes volontés seront toujours bien accueillies, je vais, dès ce soir, me mettre à la disposition de mon chef de groupe.

Je ne veux pas, cher Monsieur, terminer cette lettre sans vous adresser l'expression de tous mes sentiments de filiale et reconnaissante affection. Vous avez bien voulu vous intéresser à mes travaux, conçus dans la paix du laboratoire. Actuellement, je cours prendre mon poste pour la défense de la patrie. Si je dois endurer des fatigues, courir des périls, je suis prêt à les accepter joyeusement, de tout cœur ; il est doux de souffrir pour la France. Enfin, si ma vie pouvait être utile à sa gloire et à sa grandeur, soyez sûr que j'en ferais volontiers le sacrifice. Ce n'est certes point un malheur qui m'arriverait, mais bien une mort digne d'envie.

Quoi qu'il en soit, en vue de ces risques et de ces incertitudes où je suis de savoir si je pourrai souvent vous donner de mes nouvelles, permettez-moi, cher Monsieur, de vous faire mes adieux. Serait-ce trop vous demander que de vous prier de transmettre à Mlle Madeleine l'expression des sentiments profondément respectueux que j'éprouve pour elle ? Je crois, Monsieur et cher Maître, que le secret de mon cœur est bien prêt de vous être dévoilé. Excusez mon audace. Si vous aviez blâmé, repoussé peut-être la demande officielle que je vous aurais adressée sans la déclaration de guerre, j'en aurais été navré, parce que j'aurais vu ruinées mes plus chères espérances ; je me permets, néanmoins, de vous ouvrir mon cœur, et vous saurez, de la sorte, si je dois mourir pendant la campagne, que celui qui avait osé songer à vous demander Mlle Madeleine en mariage a fait courageusement tout son devoir.

Encore une fois, pardon pour toutes ces confidences ; si cette lettre est comme un testament, vous ne serez pas étonné de les y trouver. Et si je sors indemne de cette guerre, je me présenterai devant vous sans reproches, comme j'aurai été sans peur pendant les jours de combat.

Votre disciple respectueux et dévoué,

JACQUES LAUDERET.

Quand il eut cacheté sa lettre, il se sentit plus léger, plus joyeux. Pendant tout le temps qu'il avait écrit, les arrivées incessantes des trains, les chants et les cris des soldats avaient empli la gare d'un violent tumulte, et Jacques s'étonna d'être si calme, et maître de lui, parmi tant de mouvement et d'agitation. Il sortit et se dirigea vers le quartier.

La ville était pleine de gens en uniforme ; sur une place fonctionnait la Commission de réquisition des chevaux, plus loin, celle des voitures. Malgré la foule, tout se passait en ordre, et Jacques constatait avec joie la bonne humeur répandue sur tous les visages.

Par contre, le quartier d'artillerie semblait désert. Lauderet traversa la cour et monta jusqu'au bureau de la mobilisation. Là, du moins, régnait une grande activité. Le capitaine chargé de ce service avait fort à faire. Jacques reçut de lui, brièvement, les instructions le concernant, et repartit à la recherche du commandant Léoube auquel il était adjoint. Il le trouva chez lui, préparant son départ. Jacques le connaissait pour l'avoir rencontré lors de ses derniers stages. Le commandant lui serra la main.

— Ah! c'est vous, lieutenant! Parfait! Vous êtes en avance, je ne vous attendais que demain matin ; mais vous ne chômerez pas pour cela! Avez-vous un cheval, un ordonnance?

— Non, mon commandant ; mon cheval qui vient de la réquisition et mon ordonnance, comme moi réserviste, ne sont pas encore arrivés.

— Eh bien! allez prendre contact avec mes batteries, faire connaissance avec les capitaines et les lieutenants, et vous tenir au courant de leurs opérations de mobilisation. Tout notre monde est logé dans le lycée de garçons. Allez voir où en sont ces Messieurs, et vous viendrez me rendre compte, ce soir, à 7 heures.

Jacques fit le salut militaire et s'empressa d'exécuter l'ordre qu'il venait de recevoir.

IV

Tous les éléments actifs du régiment avaient évacué le quartier pour laisser la place aux réservistes et à leurs formations. Chaque unité s'était installée dans des locaux désignés à l'avance, des fermes, des écoles, des hangars, et le groupe du commandant Léoube occupait le lycée de Saint-Léonard. Jacques entra d'abord au corps de garde installé dans la loge du concierge où on lui indiqua le bureau de l'une des batteries. C'était la classe de physique qui avait été transformée pour cet usage. L'immense table où, d'habitude, le professeur déposait les appareils de démonstration, était encombrée de registres, de livrets, de feuillets divers. Sur le tableau noir, on pouvait lire, inscrit à la craie, l'emploi du temps. Dans la salle, partout étaient entassés des vêtements, des chaussures, des armes, des pièces de harnachement.

Le fourrier salua Jacques qui se fit connaître et demanda :

Savez-vous où est le capitaine ?

— A la visite du linge des hommes, répondit le fourrier. La salle à côté.

Dans la classe voisine, les deux lieutenants de l'armée active, chacun dans sa section, examinaient les chemises, les caleçons de leurs soldats. Un silence profond régnait, troublé seulement par quelque brève question :

— Votre demi-jeu de petite monture ?

— Votre cuiller ?

— Pas de fourchette ! Vous devez savoir que l'on n'emporte pas de fourchette en campagne.

— Vos mouchoirs ?

La visite continuait, rapide et précise, si bien que l'entrée de Jacques ne se remarqua point. Celui-ci vit le capitaine Sire qui se promenait de long en large en prenant des notes sur un calepin. Il se présenta.

— Pour le moment, dit le capitaine, tout va bien. Nous

n'avons encore que nos hommes de l'active, qui seront prêts demain ; de la sorte, quand nos réservistes seront là, nous pourrons, à notre aise, nous occuper d'eux. Demain, je crois, doivent arriver les premiers ; d'ailleurs, venez avec moi, nous allons nous en assurer.

Ils revinrent tous deux dans la salle de physique où le capitaine Sire consulta l'inscription du tableau noir. Jacques y lut :

SAMEDI, 25 JUIN 191

(3ᵉ jour de la mobilisation.)

5 heures. — Réveil, café.
5 h. 45. — Versement au magasin des collections d'effets à laisser au Corps.
7 heures. — Transport des armes chez le chef armurier pour l'affûtage.
8 heures. — (pour les conducteurs) Promenade des chevaux.
(pour les servants) Nettoyage du matériel.
10 h. 30. — Soupe.
Midi. — Arrivée des réservistes.
Etc., etc.

Et l'emploi du temps continuait ainsi, détaillant heure par heure les diverses opérations de la mobilisation.

— Vous le voyez, dit le capitaine, nos chevaux n'arriveront pas encore demain ; nous aurons donc tout le temps de nous occuper de nos hommes. Donc, rien de neuf à signaler au chef d'escadron.

Jacques quitta le capitaine Sire pour aller voir les deux autres batteries, celles des capitaines Hugot et Sabord, logées dans d'autres parties du lycée. Il traversa la grande cour, où s'alignaient toutes les voitures ; les caissons gris, les canons gainés de cuir, la forge roulante, le chariot de batterie massif, avec ses multiples outils, tout cela, régulièrement aligné, paraissait prêt pour une parade.

En avant du parc, formé par les voitures, les chevaux étaient en ligne. Entre les grands platanes qui ombrageaient la cour on avait tendu fortement des cordes auxquelles les chevaux

étaient attachés par une chaîne ; les gardes d'écurie en pan-
talon de treillis et bourgeron s'occupaient des animaux.

Jacques acheva sa visite et, partout, put constater la même
activité, le même ordre. Puis il reprit le chemin du quartier et
revint chez le commandant lui rendre compte de ce qu'il
avait vu.

V

Le jour du départ, aux premières lueurs de l'aube, on eût pu
voir, dans la chapelle du lycée de Saint-Léonard, un spectacle
surprenant. L'aumônier disait sa messe à la lueur vacillante de
deux cierges, tandis que son enfant de chœur, manifestement
distrait, ne cessait de diriger vers les fidèles son regard curieux.
Mais la grande nef était encore obscure, et si l'on y devinait des
assistants, la lumière indécise qui commençait à filtrer à travers les vitraux de couleur ne permettait encore ni de les
compter ni même de les distinguer. On comprenait seulement
que ces gens étaient très recueillis, et les retardataires qui
vinrent prendre leur place s'efforçaient de marcher doucement.
Précaution bien vaine, d'ailleurs, car les gros souliers ferrés
résonnaient sur les dalles avec un bruit d'éperons.

Jacques Lauderet, agenouillé près d'un pilier, remerciait
Dieu de lui avoir permis, avant son entrée en campagne, de
venir faire provision de force au pied de l'autel. La veille, l'aumônier l'avait abordé dans la cour du lycée pour le prier d'assister à cette dernière messe. Le digne prêtre avait sollicité des
capitaines et obtenu d'eux l'autorisation d'annoncer dans les
cantonnements l'heure de cet office. Il allait donc de l'un à
l'autre, heureux de pouvoir remplir sa mission et ravi de voir
que partout il recevait bon accueil.

De fait, une importante partie du groupe du commandant
Léoube était réunie dans la chapelle. Les uns étaient venus par
curiosité ; d'autres, poussés par un désir confus de revenir prier
comme ils l'avaient fait jadis, au temps de leur première Communion ; d'autres, enfin, mus par de vrais sentiments de piété.
L'office se déroulait, impressionnant et majestueux comme la
veillée solennelle qui précédait, au moyen âge, l'armement des

chevaliers. Tous ces assistants, accompagnant le murmure de l'oraison du prêtre, faisaient monter vers Dieu leur prière ardente, intime et silencieux élan d'espoir pour le succès de la France et de confiance en l'aide divine.

Puis, le moment de la Communion venu, dans l'ombre maintenant moins épaisse, on distingua quelques soldats qui s'approchèrent du prêtre pour recevoir le Pain des forts. Jacques s'avança le dernier, reçut lui aussi la sainte Hostie, et la messe prit fin dans l'allégresse des actions de grâces.

Cependant, dans les bâtiments du lycée, les notes gaies du réveil, lancées par le trompette de garde, se firent entendre pour la dernière fois. Les hommes, en hâte, terminèrent leurs préparatifs en vue de la grande solennité qui devait, officiellement, commencer la journée. La veille, en effet, les fourriers avaient, dans chaque batterie, lu l'ordre par lequel le colonel annonçait qu'il présenterait le lendemain matin l'étendard au régiment assemblé.

C'est pourquoi l'on vit, de bonne heure, se diriger vers le polygone de manœuvres le personnel de toutes les unités mobilisées. Le régiment sur pied de guerre, comprenant trois mille hommes, forma trois des côtés d'un immense carré, présentant en masses profondes, d'un alignement impeccable, les sections des batteries. Il y avait entre tous les soldats un désir de bien faire, un zèle religieux qui poussait les jeunes à prouver aux réservistes que le culte du drapeau n'avait pas dégénéré, tandis que ceux-ci tenaient à montrer aux recrues qu'ils étaient toujours fiers et heureux de saluer l'étendard, comme jadis.

Le commandant Léoube se tenait en tête de son groupe, et Jacques derrière lui. Sur le côté libre du carré vinrent se ranger les trompettes, et bientôt après parut le colonel.

Il dominait, du haut de son cheval, tout le régiment assemblé ; d'un geste large, il tira son sabre, allongea son bras droit en pointant vers le ciel la lame d'acier, et se dressa sur sa selle. Sa silhouette semblait immense et le commandement qu'il cria d'une voix puissante enveloppa le régiment qui s'immobilisa.

— Garde à vôs!....

Un frisson patriotique étreignait les hommes ; dans les files parfaites, l'on voyait briller les baïonnettes et les sabres, et se suivre, avec une régularité mathématique, les rangées de boutons des vestes et les bretelles croisées des étuis-musettes et des bidons.

Sur cette foule immobile et recueillie planait l'âme même de la patrie.

La voix du colonel reprit, nette et forte :

— Présentez.... arme!

Un cliquetis d'acier lui répondit et le mouvement s'exécuta.

Ceux qui étaient sur le fond du carré virent alors arriver au loin, dans le polygone, un groupe de cavaliers, sabre au poing. Ils s'approchaient au trot de leur monture, et quand ils furent plus près, on distingua l'adjudant décoré de la médaille militaire qui tenait l'étendard ; l'étoffe soyeuse claquait joyeusement au vent. Autour de lui, quatre maréchaux des logis formaient l'escorte d'honneur.

L'étendard fit halte au centre du carré.

Le colonel le salua du sabre et, de nouveau, sa voix s'éleva :

— Trompettes!.... Sonnez à l'étendard!

D'un même geste, les vingt-quatre hommes portèrent leur trompette aux lèvres, et les notes de la sonnerie retentirent. C'était un air grave, majestueux, dont le rythme impressionnant fit passer un frisson dans les rangs des troupes. Jacques était ému, sa gorge était serrée, et une larme vint perler sous sa paupière. De sa place, sans remuer la tête, il apercevait l'étendard et répétait en son cœur le serment de bien servir la patrie dont on lui présentait l'emblème.

Cependant les trompettes se turent ; un silence solennel fit place à la clameur des cuivres.

Alors, le colonel se plaçant face aux troupes, se mit à parler de nouveau :

— Officiers, sous-officiers et canonniers ! Au moment où le 67ᵉ régiment d'artillerie va se disperser pour répondre à l'appel de la France, il est de mon devoir de vous présenter une dernière fois l'étendard dont j'ai l'honneur d'être le gardien. Pendant que nous allons courir à la frontière, lui, comme un aïeul vénéré, nous attendra dans notre demeure du temps de paix. Mais quand, après la guerre, nous reviendrons ici, songeons tous que c'est à lui que nous devrons rendre compte de notre dévouement à la patrie, et de nos efforts pour ajouter à sa gloire. Aux noms impérissables qui sont brodés sur son étoffe précieuse, à ces noms d'Eylau, Sébastopol, Puebla, qui rappellent les actes de courage de nos anciens, il faut, à la fin de la campagne que nous allons entreprendre, il faut que nous puissions inscrire d'autres noms glorieux qui montreront que nous n'avons pas démérité. Que le culte du drapeau, que l'amour sacré de la France soient votre soutien dans nos combats ! Que Dieu vous protège et nous donne la victoire !

La voix du colonel, qui s'était maintenue sur un ton élevé, tremblait d'émotion ; mais elle arrivait, distincte, jusqu'aux rangs les plus éloignés du régiment figé dans une impressionnante immobilité. Quand il eut terminé, les trompettes allèrent se placer à l'extrémité du carré ; les troupes opérèrent une conversion, et le défilé devant l'étendard commença, comme pour permettre à chacun de saluer, dans un dernier adieu, le glorieux emblème. Ce fut la fin de la cérémonie ; chacun regagna son cantonnement pour s'apprêter au départ.

En rentrant à Saint-Léonard, Jacques causait avec le commandant.

— Eh bien ! Lauderet, lui disait ce dernier, que pensez-vous de cette présentation de l'étendard ?

— Mon commandant, j'en suis encore tout ému ! Quelle belle solennité !

— N'est-ce pas, mon ami ? Croyez-vous qu'il soit possible à un homme, fût-il indifférent, blasé, que sais-je encore ? de ne pas éprouver d'émotion dans un pareil moment ? Tenez ! J'ai vu quelquefois de malheureux soldats, des mauvaises têtes, des antimilitaristes ; eh bien ! mon cher, je vous affirme qu'à cette solennité, pas plus que les autres ils ne pouvaient résister ! Il n'y a pas d'opinion qui tienne ! Il faut être ému, c'est plus fort que soi !

— Vous avez raison, mon commandant, répondit Jacques encore sous l'impression des deux grands actes auxquels il avait participé le matin même à la chapelle et au polygone ; cette présentation de l'étendard, c'est le stimulant des bons et le réconfort des faibles. Nous de même, les catholiques, nous avons aussi notre soutien : notre étendard s'appelle le Viatique.

Le commandant regarda Jacques avec une légère surprise.

— Ah ! fit-il un peu interloqué ; vous êtes catholique pratiquant ? Dans ce cas, vous devez être satisfait ; vous avez eu la messe ce matin et, maintenant, le colonel vient de parler du bon Dieu dans son discours.

— J'ai bien entendu, mon commandant, et j'en suis très heureux, d'autant, je vous l'avoue, que je ne m'attendais guère à ces paroles.

— Oui, n'est-ce pas ; ce n'est pas dans le règlement, reprit le commandant pensif ; en temps de paix, le colonel aurait sûrement craint de se compromettre en parlant de la sorte, mais ceci, mon cher ami, vous prouve une chose : pas plus que la haine de l'armée, la haine de Dieu n'est de mise en temps de guerre. Ce sont là des idées qu'on a raison de reléguer au fond du magasin, le jour de la mobilisation, avec tant d'autres inutilités gênantes et démodées.

VI

Les jours qui s'étaient écoulés depuis la déclaration de guerre avaient été, pour tout le monde, une période de grande activité. L'arrivée des réservistes, la réception des chevaux, l'organisation des unités nouvelles, la confection des paquetages dans l'ordre et avec tous les soins voulus, toutes ces opérations avaient occupé grandement les journées. Il fallait, en outre, soigner les chevaux, les panser, mettre en état leur ferrure, ajuster les harnachements neufs.

Après la cérémonie de la présentation de l'étendard, les préparatifs furent enfin terminés. Dans ces journées de fièvre, personne n'avait eu le loisir de s'enquérir des nouvelles. Pourtant, à travers les exagérations et les déformations inévitables, on commençait à connaître les détails des premiers engagements de nos troupes. Des deux côtés de la frontière, les régi-

ments de couverture ennemis restaient en contact et formaient
un abri derrière lequel se concentraient les armées. Les rumeurs
que Jacques avait entendues en chemin de fer se précisaient :
il était certain qu'un *Zeppelin* avait été détruit, un obus bien
dirigé ayant crevé le réservoir d'essence dans la nacelle ; le feu
s'était déclaré, les ballonnets d'hydrogène avaient fait explosion. L'énorme masse s'était disloquée, et était venue s'abîmer
sur le sol, au milieu de nos troupes. On ne parlait que des
prouesses de nos aviateurs ; pour tous nos soldats, c'était une
joie profonde d'apprendre l'audace des officiers pilotes qui
semblaient narguer les balles et la mitraille. L'un d'eux avait
déjà décrit au-dessus du fort Kaiser-Wilhelm, près de Metz, une
série de vols d'autant plus impressionnants qu'à chaque passage l'observateur accompagnant le pilote avait pu laisser
tomber des bombes. La plupart de ces engins avaient porté
juste, et le fort avait beaucoup souffert.

À la faveur des renseignements fournis par nos aéroplanes,
nos troupes avaient pu passer la frontière, vers Belfort, et cul-
buter les Allemands. Ce fut un enthousiasme indescriptible
parmi nos soldats. Tous brûlaient du désir d'arriver au plus
tôt sur le théâtre des hostilités. Aussi, quand, dans les cours du
lycée de Saint-Léonard, les chevaux vinrent s'atteler devant les
pièces, quand l'ordre fut donné de monter à cheval, quand la
colonne des soixante-dix voitures composant le groupe commença son défilé dans les rues de la ville, tous les cœurs bat-
tirent de joie. Les femmes, les vieillards, les enfants saluaient
et acclamaient nos soldats, tandis que le roulement grave, sur
les pavés, des caissons pleins d'obus et des canons d'acier
dominait tous les bruits de la ville.

Sur le quai militaire, l'embarquement se fit avec rapidité
dans les trains préparés à l'avance. Chacun apportait à cette
opération tout son zèle et sa bonne humeur. On voyait, sans
cesse, les lourds caissons franchir les ponts volants placés entre
les wagons et le quai. Les voitures se plaçaient avec ordre sur
les trucks, en chargements étranges et compacts où les essieux
s'enchevêtraient, où les volées des canons se pointaient vers le
ciel.

Plus loin, près des wagons réservés aux chevaux, Jacques vit se renouveler les scènes pittoresques qui marquent toujours l'embarquement de ces animaux. Les chevaux sages, d'abord, franchissant le pont volant d'un pas assuré, et se plaçant docilement à leur place ; les rétifs ensuite, tantôt pris d'une terreur folle au moment où leur œil découvrait l'intérieur obscur du fourgon, et tantôt refusant de faire un premier pas sur le pont. La bête piaffait, hennissait, se cabrait ; dans les wagons déjà complets, les hommes regardaient d'un air narquois leurs camarades unissant leurs efforts pour arriver à maîtriser l'animal indocile, jusqu'au moment où le brigadier, malin, enveloppant d'une couverture la tête du cheval, lui faisait faire plusieurs tours sur lui-même et le conduisait sans peine jusque dans le wagon.

Enfin, l'embarquement s'acheva. Jacques rejoignit dans leur compartiment les autres officiers.

A ce moment, à toute bride, arriva le vaguemestre qui portait le courrier. Les fourriers le prirent pour le distribuer en cours de route, et le train s'ébranla, saluant Saint-Léonard d'un long coup de sifflet. Les fenêtres des wagons se garnirent de têtes et les artilleurs adressèrent un solennel adieu à leur garnison. Chacun revit, avec un léger serrement de cœur, ces chemins familiers, ces routes que l'on avait si souvent parcourues à cheval, la piste tracée sur le bord de la rivière, les obstacles que l'on aimait à franchir dans le vertige d'un galop. Dans un dernier retour en arrière, chacun jeta un suprême regard sur le rocher qui domine la ville, puis, à une courbe de la voie, tout disparut et le silence régna dans le train. Dans le compartiment de Lauderet, chaque officier, étreint par une religieuse émotion, devinait tout près de soi la grande image de la patrie menacée, et tous, comme des enfants d'une même mère, se préparaient, en allant à son secours, à courir les pires dangers.

Au bout d'une heure de route, le train s'arrêta, et le fourrier distribua les lettres. Jacques en reçut une dont il reconnut avec joie l'écriture ; elle était de M. Nardin. Vite, il regagna sa place et rompit l'enveloppe. Alors, son cœur battit plus fort, un flot de sang empourpra ses joues ; il venait d'apercevoir, à l'intérieur des pages portant l'écriture du savant, une autre lettre dont les lignes fines et régulièrement tracées le firent tressaillir ; en même temps, un léger paquet plié dans un papier de soie s'échappa de l'enveloppe. Jacques l'ouvrit et en sortit une petite médaille en argent de Notre-Dame des Armées. Profondément ému, et devinant quelle douce main prévoyante avait glissé le précieux souvenir, il lut avidement la lettre que lui écrivait Mlle Madeleine.

Cher Monsieur, disait-elle, ma main tremble bien fort en commençant ces lignes. Excusez-moi, car l'émotion étreint mon cœur, et si mon âme est toute à la joie que j'éprouve en songeant au bonheur que je vous dois, je ne puis m'empêcher d'être anxieuse en vous sachant exposé désormais à tous les dangers de la guerre. Mais l'heure n'est pas aux frayeurs irraisonnées ; je vous admire et vous envie pour le devoir si noble que vous allez accomplir. Mon père, accueillant favorablement votre demande, a comblé tous mes vœux, et, dans la solennité de l'heure présente, je vous demande la permission de me considérer dès maintenant comme votre fiancée. Qu'importe la cérémonie qui, d'habitude, consacre les fiançailles aux yeux du monde ? Notre engagement réciproque de lier irrévocablement nos existences prend une plus haute signification devant la gravité des événements. Comme gage de mon attachement et de ma reconnaissance, laissez-moi vous offrir cette petite médaille, et puisse la Sainte Vierge vous protéger ; ce sera là ma prière quotidienne. Pourrait-elle ne pas m'exaucer, puisque, dorénavant, nous allons accomplir, en chrétiens et en patriotes, notre devoir pour Dieu et pour la France ?

Adieu, cher Monsieur Jacques, recevez, avec tous mes vœux, l'expression de mes sentiments de profonde allégresse, de sincère gratitude et de parfait amour.

MADELEINE.

Jacques avait lu cette lettre avec délices ; il la relut encore, tout au bonheur que lui causaient ces lignes si chères. Ensuite, il se mit à lire les lignes que lui envoyait M. Nardin.

MON CHER ENFANT,

Il m'est bien permis, n'est-ce pas, de vous appeler ainsi, puisque vous-même m'en sollicitez d'une façon si franche dans la lettre que je viens de recevoir. Votre démarche ne m'a point surpris ; elle a rempli mon âme de bonheur et réalisé mes espérances, car, je le sais, je ne pourrais mieux faire que de vous confier le soin d'assurer l'avenir de ma chère Madeleine. Ai-je besoin de vous dire quelle joie vous lui avez causée? Vous en aurez la meilleure preuve en lisant la lettre et en dépliant le petit paquet que je joins à ces lignes. J'ai bien voulu consentir à ce qu'elle vous envoie cette médaille, et son vœu serait que vous la portiez sur vous pendant toute la campagne. Vous savez quelle profonde piété est celle de Madeleine. Elle confond dans ses prières le triomphe de la France et le désir ardent qu'elle a de vous voir sortir sain et sauf de cette guerre.

Pour moi, mon cher enfant, je sais que vous ferez vaillamment votre devoir, et, pendant ces jours d'angoisse que je vais traverser, je retrouverai dans la foi de mon enfance le courage de prier pour la patrie, pour vous et pour ma fille. Madeleine, vous le savez, fait partie de la Croix-Rouge ; elle se prépare à rejoindre l'infirmerie de la gare de Dijon. Que Dieu vous protège tous deux! Courage, mon cher enfant, et bientôt, espérons-le, nous aurons le bonheur de voir la France victorieuse et nos vœux les plus chers réalisés.

Je vous donnerai des nouvelles le plus souvent possible, mais il nous est bien difficile de savoir des faits précis. Les journaux, tant bien que mal réorganisés avec des équipes réduites, paraissent irrégulièrement, et leurs nouvelles sont toujours sujettes à caution. Jusqu'ici, je ne crois pas qu'il y ait eu d'engagement sérieux ; pourtant, une note officielle nous apprit hier un fait stupéfiant : sur le Rhin, trois ponts ont sauté à quelques heures d'intervalle : ceux de Mayence, de Coblentz et de Cologne. Voilà les trois voies ferrées principales, si nécessaires à la mobilisation allemande, inutilisables pendant longtemps. On discute à perte de vue sur ce coup d'audace qui met nos ennemis dans un si grand embarras et qui nous rend un si précieux service. Les uns prétendent que ce sont des officiers français déguisés qui ont pu mener à bien cette triple entreprise ; d'autres y voient l'effet de la hardiesse bien connue de nos aviateurs ; d'autres, enfin, n'hésitent pas à dire qu'il s'agit là d'un raid audacieux de quelque minuscule sous-marin, construit en grand secret dans un de nos arsenaux, et qui, remontant le Rhin depuis son embouchure, aurait pu réaliser ce coup de maître. En réalité, nous ne savons qu'une chose, c'est que les trois ponts ont sauté.

L'ensemble des nouvelles nous est favorable, et Dieu veuille nous soutenir jusqu'au bout !

Adieu, mon cher enfant, et bonne chance!

Jacques, après cette double lecture, demeura longtemps silencieux ; il serrait les chères lettres dans ses mains et semblait isolé dans son rêve, oubliant qu'il courait affronter les dangers. A la fin, il prit la petite médaille, défit encore avec soin le fin papier qui l'enveloppait et l'embrassa pieusement ; puis il ferma les yeux pour mieux s'abandonner à son extase, pendant que les autres officiers discutaient, sur un ton joyeux et animé, les nouvelles qu'ils venaient également d'apprendre.

Enfin, la nuit arriva ; le sommeil, lentement, gagna tout le monde, et le train continua dans la nuit à rouler vers la frontière à travers les gares encombrées où se rassemblaient nos troupes de plus en plus nombreuses.

VI

Après s'être concentré sous Belfort, le 23ᵉ Corps d'armée venait de franchir la frontière et s'avançait dans les plaines de l'Alsace. Décidément, les premières rencontres avec l'ennemi nous avaient été favorables, et les Allemands, repoussés dans une série de combats, se retiraient à l'approche de nos troupes.

Depuis le débarquement, à la suite de l'interminable voyage de Saint-Léonard à Belfort, Jacques avait été si surmené qu'il avait rarement pu trouver l'occasion d'écrire à la hâte quelques mots à Mlle ou à M. Nardin. Quand il avait pu leur exprimer sa gratitude et son bonheur, il retournait gaiement à la besogne, partageant l'allégresse générale qui saluait nos premiers succès maintenant connus.

Dans le Nord, par suite du désarroi causé fort à propos à la mobilisation allemande par la désorganisation des voies ferrées, les troupes ennemies n'avaient pu arriver à temps pour arrêter les nôtres, et Metz était investi. Le siège en était régulièrement commencé, et nos aéroplanes, en rendant la place et les forts intenables, allaient contribuer à précipiter la reddition d'une ville fortifiée pour la défense de laquelle tout avait été prévu, sauf l'attaque venant du ciel. Les cœurs français débordaient d'allégresse à la pensée que la nouvelle capitulation de Metz effacerait le triste souvenir de celle de 1870. Le centre allemand se défendait fort bien ; Nancy avait été occupé dès les premiers jours de la guerre, et nos troupes n'avaient pu soutenir le choc des ennemis venus de Strasbourg. Mais au Sud, notre armée prenait nettement l'offensive et rejetait dans le grand-duché de Bade, au delà du Rhin, les Bavarois et les Saxons. Déjà s'était livrée une grande bataille aux alentours de Mulhouse qui s'était terminée par la retraite des Allemands. Aussi prévoyait-on que leur armée du Centre, dans la crainte d'être cernée à Nancy, ne tarderait pas à battre en retraite, et la confiance et l'entrain régnaient dans nos régiments.

Aussi, quand Jacques, dans la longue colonne du 23ᵉ Corps, franchit le poteau frontière, entre Belfort et Dannemarie, c'est avec un geste spontané qu'il salua, comme tous ses camarades, cette terre d'Alsace, de même qu'un petit-fils respectueux saluerait une aïeule infiniment respectable par ses mérites et ses malheurs. Il eut la même pensée que chaque soldat et murmura :

— Nous y sommes ; nous y resterons !

Le soleil radieux se levait, là-bas, du côté vers lequel les Prussiens avaient fui ; dans la délicieuse fraîcheur de l'aube, une brume légère s'élevait ; les chevaux, les lourds canons, les caissons de métal, tout cela faisait un joyeux tumulte. En se retournant sur sa selle, Jacques voyait le Ballon d'Alsace, les Vosges couvertes de sapins qui semblaient dire :

— Nous ne sommes plus la frontière et ne voulons plus l'être ! Ce rôle humiliant et trop long a pris fin ; nous sommes en France !

Et dans les sapins agités, aussi, d'un frisson d'allégresse par la brise matinale, l'écho semblait murmurer :

— France ! France ! Vive la France !

Tout le long de la route, les Alsaciens se pressaient pour voir passer nos troupes. Ils avaient d'abord vu défiler les éclaireurs, des cavaliers français heureux de fouler le sol des provinces annexées. Les habitants s'empressaient, le visage ému, la larme à l'œil, le bonheur empreint sur la figure. Les hommes apportaient à boire aux soldats, les femmes offraient des fleurs, des branches vertes ; chacun semblait dire :

— Vous êtes ici chez vous !

Pendant une halte, un grand vieillard s'approcha d'un colonel de dragons, le salua et lui dit :

— Mon colonel, j'ai servi, moi aussi, dans les dragons français, j'étais à Gravelotte !

La voix de l'ancien tremblait, et le colonel, en lui serrant la main, ressentit le même frisson d'espérance que tous les assistants.

Tout le monde était heureux. Dans la radieuse journée d'été, l'on eût cru voir la douceur de la France s'étendre avec délices au-dessus de la terre reconquise.

Après les éclaireurs, les populations virent défiler des régiments, des batteries, des voitures d'ambulance, et toutes ces troupes, dont la file s'allongeait sur plus de six kilomètres, disparurent dans des tourbillons de poussière.

Alors, une fillette, rieuse et plus hardie que ses compagnes, s'approcha d'un maréchal des logis de hussards qui avait mis pied à terre pour assujettir la selle de son cheval.

— Dites-moi, Monsieur, lui demanda-t-elle, verrons-nous d'autres soldats français ?

Le sous-officier se mit à sourire, et, montrant du doigt la route qui venait de France, il dit :

— Oh ! nous ne sommes que l'avant-garde, nous autres ! Tout le gros du Corps d'armée nous suit ! Tenez, regardez, là-bas, les voilà qui arrivent !

Tous les paysans s'étaient rapprochés, avides d'entendre parler un soldat français. Celui-ci se remit en selle et rejoignit au galop l'avant-garde, pendant que, transportés de joie, les enfants criaient :

— Les voilà ! Voilà les soldats !

Et l'interminable défilé recommença. L'état-major, l'artillerie, les huit régiments d'infanterie, le génie, les ambulances passèrent encore, salués par la foule. Les vieux pleuraient en disant :

— J'ai vu cela dans le temps !

Puis, ce fut le tour des caissons innombrables des trains de combat ; ensuite passèrent les fourgons, les fourragères, les voitures de toute sorte sur lesquelles les Alsaciens s'appliquaient à lire les inscriptions : « fourgon à bagages », « voiture à viande », « voiture de compagnie », « grande voiture pour blessés ».

Les cantinières étaient accueillies par des applaudissements ; devant les drapeaux, tous se découvraient en silence, et les chapeaux tremblaient d'émotion dans les mains.

Pendant les haltes, pendant le repos où les troupes firent la soupe, les paysans s'empressaient, apportaient de la bière, du café, des provisions. Les soldats, plus émus sûrement qu'ils ne le laissaient voir, répondaient aux prévenances des Alsaciens sur un ton qui contrastait avec celui des soldats allemands, toujours rogues et brutaux.

Enfin, quand arriva le soir, le défilé durait encore, et l'on vit de nouveau passer des voitures, des chariots, le train des équipages de pont transportant des bateaux. L'enthousiasme croissait à mesure que passait notre armée ; aussi, quand vint à toute bride un officier d'état-major dire aux dernières troupes de cantonner sur place, immédiatement chacun voulut faire de son mieux pour loger des soldats. Quand les voitures furent bien alignées au parc, les billets de logement s'établirent avec rapidité, et nos troupiers se dispersèrent. La tête de la colonne du Corps d'armée campait à 40 kilomètres plus loin.

Ce soir-là, dans toute l'Alsace, un grand frisson d'espoir patriotique passa ; on respira plus librement. On savait que nos troupes de première ligne voulaient atteindre le Rhin, et que le 23e Corps allait les renforcer, là-bas, vers la Bavière.

Jacques, chevauchant avec l'état-major, se trouva servi parmi les derniers, et, malgré la meilleure volonté des habitants, ne put avoir un lit dans le hameau où il dut passer la nuit. Les officiers supérieurs étaient trop nombreux pour qu'il pût espérer en obtenir un. Il en eut vite pris son parti, déplia le manteau roulé sur sa selle et, quand la nuit fut venue, alla s'étendre sur une botte de paille, près des chevaux qu'on avait attachés sur une allée du village.

En foulant cette terre qu'il voyait reconquise, à laquelle cette marche de l'armée française semblait effacer la souillure produite depuis près d'un demi-siècle par les envahisseurs, Jacques se sentait parfaitement heureux ; la nuit était claire, les étoiles brillaient au ciel, et leur éclat semblait refléter le bonheur de l'Alsace. Au loin, dans le calme des champs, un chien aboyait. Au camp, pas de bruit ; après les fatigues de l'étape, chacun se reposait ; parfois, un cheval s'ébrouait, tirait sur sa chaîne ; un garde d'écurie s'approchait, parlait aux bêtes pour les calmer, et tout retombait dans le silence.

Jacques embrassa la petite médaille de Madeleine qu'il portait suspendue à son cou, avec la plaque d'identité que doit avoir chaque combattant, et ses paupières se fermèrent.

Il s'endormit paisiblement, charmé par le plus doux des songes. Il vit se développer devant lui le célèbre tableau de Detaille : *le Rêve*, qu'il avait si souvent admiré dans le musée du Luxembourg. Devant les troupes endormies au pied des faisceaux, défilèrent, au son des hymnes guerriers, toutes les gloires de la France. L'immortelle cohorte manifestait son allégresssse de voir nos troupes camper sur le sol de l'Alsace.

Et, peu à peu, près du drapeau posé sur les faisceaux et roulé dans son étui, se dessina une forme blanche, confuse d'abord, plus nette ensuite. Dans son sommeil, Jacques fut surpris : il se souvenait que pour augmenter l'effet de son chef-d'œuvre, le peintre n'avait pas mis de sentinelle auprès du drapeau. Mais bientôt, dans la gracieuse apparition qui venait monter la faction glorieuse devant l'étendard, il reconnut les traits si chers de Madeleine Nardin.

Il la vit découvrir pieusement la lance de cuivre qui terminait la hampe ; elle y attacha, avec infiniment de respect, une petite médaille de Notre-Dame des Armées, qui se cacha dans les plis soyeux de l'étoffe.

Alors la vision disparut lentement, et Jacques continua son sommeil, pendant qu'un sourire ineffable persistait sur son visage.

VIII

Cependant, en s'approchant de l'ennemi, le 23° Corps abandonna son ordre en colonne, et se prépara, par le développement successif de ses unités, à soutenir nos troupes engagées. Les convois ralentirent leur marche, les régiments et les batteries accélérèrent la leur sur les routes sillonnées d'estafettes à cheval, à bicyclette, en auto. Maintenant, on traversait des régions désolées où les villages brûlés, les champs dévastés portaient les traces profondes des obus dans les murs et dans le sol.

Partout, les Français étaient accueillis comme des libérateurs, et lorsque, dans le lointain, le canon se fit entendre, l'armée poussa des cris de joie. Le commandant Léoube vint trouver Jacques et lui dit :

— Je crois que ça va chauffer ; les Allemands sont, paraît-il, fortement établis là, voyez-vous sur ma carte, à Himmelsleben, et ils occupent toute cette ligne de crêtes en débordant nos ailes. Ils veulent nous empêcher d'arriver au Rhin et tentent pour cela leur suprême effort. Nos troupes, qui les ont déjà refoulés, attendent notre arrivée pour entrer en danse de nouveau. L'affaire sera dure, car les Pickelhauben (1) se sont retranchés, et il nous faut craindre, à gauche, une attaque de flanc par une armée venant de Strasbourg. Par conséquent, mon petit, préparez-vous à recevoir bientôt le baptême du feu : c'est le moment de montrer que nous tenons notre poudre sèche et notre pointe aiguisée ! Gare à vous ! voici du nouveau !

Jacques vit arriver, au galop, le lieutenant détaché près du général comme agent de liaison. Il remit au commandant un ordre cacheté ; celui-ci le lut, impassible, pendant que tous les assistants s'arrêtaient, anxieux, dans l'attente des nouvelles.

— C'est bon ! dit le commandant en repliant l'ordre ; à nous, les enfants ! A cheval !

En un clin d'œil chacun fut prêt, et les batteries se remirent

(1) Littéralement : casque à pointe. Nom fréquemment donné aux soldats allemands à cause de leur coiffure.

en marche. Les fantassins s'avançaient à travers champs, laissant la route libre aux artilleurs. Au loin, la grande voix du canon devenait de plus en plus distincte, et le groupe du commandant Léoube trottait toujours vers l'ennemi.

Soudain, dans le ciel, vers le Rhin, parut un point noir qui s'approcha, grandissant avec rapidité, et l'on reconnut un aéroplane.

— Français ou allemand ? murmura le commandant avec anxiété.

Le monoplan vint passer à 2 ou 3oo mètres d'altitude, au-dessus de nos artilleurs ; il longeait la route suivie par nos troupes. Tous regardaient, cherchant à savoir à qui l'on avait affaire. Enfin, après un audacieux virage, l'appareil se dirigea de nouveau du côté du Rhin, et l'on vit distinctement plusieurs points noirs se détacher de la nacelle et tomber. Ces projectiles explosèrent en touchant le sol ; l'un d'eux vint éclater à quelques mètres en arrière du commandant avec un bruit formidable ; la terre trembla. Jacques fut enveloppé d'une vapeur tiède, opaque et nauséabonde ; son cheval, affolé, fit un saut brusque en avant et partit à travers champs ; quand il fut maîtrisé, Lauderet, en se retournant, vit un spectacle épouvantable : la bombe avait éclaté tout près des premiers attelages des batteries arrêtées maintenant sur la route. Le capitaine Sire et son lieutenant, tous deux atteints par les éclats de l'engin, gisaient sur le sol, tandis que leurs chevaux s'étaient échappés au galop. Le capitaine était mort, frappé à la tête. Le major s'empressait auprès du lieutenant évanoui.

Malheureusement, d'autres aussi se trouvaient grièvement blessés. Dans l'enchevêtrement des bricoles et des traits où se débattaient, parmi des flots de sang, trois des six chevaux attelés au caisson, deux conducteurs blessés étaient engagés ; on apercevait leur visage blême et convulsé par la douleur, et leurs compagnons, rapidement descendus du siège où ils étaient assis, sur le coffre de la voiture, s'efforçaient de les retirer de dessous les chevaux. La voiture d'ambulance emmena les malheureux.

Cependant, le commandant Léoube, très pâle lui-même et les

traits crispés, s'efforçait de surmonter son émotion et donnait des ordres d'une voix nerveuse : on reconstitua l'attelage décimé, et le lieutenant en second prit le commandement de la batterie. La colonne se remit en marche, dans un silence de mort, et quand Jacques eut repris sa place à côté du commandant, il s'aperçut que celui-ci pleurait.

Au bout d'un moment, on fit halte au point fixé par l'ordre que l'estafette avait remis. Lauderet suivit le chef d'escadron qui partait en reconnaissance. A 5oo mètres environ, en avant du point où les batteries s'étaient arrêtées, le terrain présentait un petit vallonnement qui masquait l'horizon ; un peu en arrière, on voyait un groupe d'officiers. Le commandant et Jacques reconnurent le fanion blanc et bleu du général, et se dirigèrent vers lui. Mais un capitaine d'état-major galopa vers eux.

— Arrêtez ! pied à terre ! ne vous montrez pas ! leur dit-il en leur désignant la petite crête qui les protégeait des vues ennemies.

Ils obéirent, laissèrent leurs chevaux au trompette qui les suivait et arrivèrent à pied près du général.

Sans préambule, celui-ci leur dit :

— Commandant, sur votre carte, vous voyez la cote 416. C'est la crête qui est devant nous. L'ennemi occupe Himmelsleben, à 3 ooo mètres environ d'ici. Rapidement, mettez votre groupe en batterie, en arrière de la crête, de manière à ne pas être vu ! Vous vous établirez en surveillance sur Himmelsleben, et attendrez mes ordres pour ouvrir le feu.

Ayant parlé ainsi d'une voix brève, le général se replongea dans l'étude de sa carte. Le commandant fit signe à Jacques de le suivre ; à l'abri d'une haie qui longeait la crête, sur une trentaine de pas, ils s'avancèrent avec précaution. Dissimulés derrière la broussaille, ils virent, en avant du repli du terrain, une profonde ondulation. C'était un vallon encaissé, large de 3oo mètres, au fond duquel on apercevait plusieurs régiments d'infanterie française. Au loin, sur une autre crête légèrement estompée, se profilait un village sur le ciel bleu : c'était Himmelsleben. Jacques eut beau scruter l'horizon avec sa jumelle,

il n'y vit rien bouger ; on ne devinait ni retranchements ni
mouvements de troupes ; le village paraissait désert. Sur un
côté, les maisons étaient masquées par un bois. Dans le lointain, vers le Nord, le canon tonnait toujours.

Le commandant montra sa carte à Jacques et lui dit à voix
basse :

— Voyez-vous Himmelsleben ? En arrière, c'est le Rhin ; si
nous culbutons les Allemands, l'Alsace est nettoyée ! Allons,
vivement, à l'ouvrage !

Il marqua lui-même à chaque batterie son emplacement,
pendant que Jacques allait porter l'ordre de faire avancer les
canons. Dans un ordre parfait, comme à la manœuvre, on vit
la colonne arriver au trot d'abord, au pas ensuite, les conducteurs mettre pied à terre pour conduire leurs chevaux par la
bride ; puis, les canons se mirent côte à côte avec les caissons,
les avant-trains s'éloignèrent pour se mettre à l'abri, et la mise
en batterie s'effectua sans bruit et sans à-coups ; toutes les dispositions furent prises pour pouvoir ouvrir rapidement le feu.

L'attente fut longue pour les artilleurs ; l'esprit subit un
énervement fébrile à rester aux aguets pendant trop longtemps. Le moindre bruit faisait tressaillir tout le monde ; sous
le soleil implacable de midi, groupé autour des pièces en une
longue ligne sinueuse, tout le personnel du groupe attendait
avec impatience le moment d'entrer en action. Jacques avait
rejoint le commandant près de la haie, et fouillait désespéré-
ment l'horizon ; là-bas, vers le village, c'était toujours le même
silence, la même immobilité.

Cependant, en arrière du groupe, nos troupes continuaient
à s'organiser, hors des vues ennemies. Sur la droite, Jacques
vit arriver deux pièces de gros calibre : c'étaient des canons
Rimailho de 155 millimètres. A la jumelle, on distingua la
manœuvre de mise en batterie, l'énorme tube du canon qui
glissait de son support de route sur son affût de tir, puis, la
pièce une fois pointée, les servants apportant l'obus et la
charge de poudre. Brusquement, sous l'effet du recul, la volée
du canon recula, l'affût sembla s'implanter dans le sol, et
un faible sifflement déchira l'air. Presque au même moment,

une légère détonation, sèche et sourde, parvint aux oreilles de Jacques ; la grosse artillerie française commençait à bombarder Himmelsleben. Sans plus s'occuper de nos canons, le commandant et Lauderet dirigèrent leur jumelle vers l'ennemi. Le projectile vint tomber en avant du village en soulevant une épaisse colonne de terre qui se mélangea de fumée blanche quand il eut éclaté. Et le tir se continua, de plus en plus précis, si bien que le quatrième coup fit écrouler une maison dans le village.

Le commandant jubilait :

— Bravo, bravo ! voilà du travail proprement fait. Mais, regardez donc, Lauderet, la batterie de 155 est au moins à un kilomètre en arrière de la crête ! Les Pickelhauben n'y verront que du bleu ! Ni lueur ni fumée, rien ne leur indiquera d'où leur tombent les obus ! Voyez, ils ne ripostent pas ! Ils en seraient bien en peine, ils ne savent pas où diriger leurs coups !

Une détonation plus violente lui coupa la parole. Ils sentirent légèrement frissonner le sol sous leurs pieds. Une épaisse fumée noirâtre enveloppa le village, tandis que des flammes indiquaient qu'un incendie venait d'y éclater.

— Oh ! oh ! murmura le commandant Léoube, voilà la mélinite qui parle en ce moment ; ça va déblayer le terrain !

Mais, presque en même temps, il ne put retenir une exclamation de colère :

— Ah ! les bandits ! les vauriens ! Ah ! le sale oiseau ! continua-t-il en montrant le poing à l'aéroplane qui, le matin, avait déjà fait une sinistre apparition.

Le monoplan s'élevait en arrière du village et vint planer, à une grande altitude, au-dessus des lignes françaises. Une angoisse terrible étreignit tous nos soldats à la vue de cet engin qui venait semer la mort sur leur tête et fixer l'ennemi sur les positions et l'importance de nos troupes. Cependant, l'aéro n'arriva pas jusqu'aux batteries françaises. Ayant sans doute appris ce qu'il voulait, il effectua son virage et revint vers l'ennemi. Presque aussitôt des lueurs surgirent en avant du village, et des obus commencèrent à éclater dans la direction de la batterie de 155.

— A nous, les enfants ! cria le commandant. Lauderet, allez porter à la première batterie l'ordre de commencer le tir sur l'ennemi dont nous apercevons le feu !

Aussitôt l'ordre s'exécuta. Jacques l'avait à peine transmis que la salve de quatre coups partait, en cadence régulière, en ébranlant le sol.

On vit les quatre obus éclater, l'un après l'autre, à la même hauteur, tandis que des gerbes de fumée blanche, pareilles à des queues de comètes, descendaient, en continuant la trajectoire, vers l'ennemi. Le commandant observa la salve à la lunette et murmura :

— Pas mal, légèrement court ! Sabord va nous régler vivement ce tir.

La deuxième salve partit, mieux dirigée, pendant que les gros canons de 155 continuaient sur le village leur œuvre de démolition.

A ce moment, de la lisière du bois, à droite de Himmelslében, une nouvelle batterie allemande ouvrit son feu. Jacques n'eut pas le temps d'en informer le commandant ; les obus, plus rapides que le son de la détonation, vinrent éclater près de la crête qui abritait nos batteries.

— Attention ! dit le commandant ; à nous l'honneur, Lauderet! La deuxième batterie sur la lisière du bois!

Les détonations redoublèrent, et Jacques suivait, le cœur serré par l'émotion, les phases de ce duel de plus en plus âpre, de plus en plus meurtrier.

— Mille bombes! cria le commandant, encore lui! Encore cet aéroplane de malheur! Personne ne pourra donc le descendre? Et les nôtres, qu'est-ce qu'ils font, au parc d'armée, au lieu de venir à notre aide ? Ils attendent que nous soyons tous démolis ! Oh ! oh ! regardez donc, Lauderet, voilà notre canon automobile qui va parler !

En effet, dans la plaine, en arrière du 155, une auto venait de s'arrêter, et le canon qu'elle portait cracha son obus contre le monoplan. Le shrapnell éclata dans les airs, et l'aéroplane, fuyant l'attaque, s'empressa de s'éloigner. Un deuxième coup mieux ajusté faillit l'atteindre ; la fumée produite par l'éclatement du projectile fut violemment battue par l'hélice, et le monoplan continua de fuir. Enfin, un troisième coup retentit. On vit l'aéro tressaillir dans sa course, pointer brusquement vers le sol, tandis que, parmi le fuselage, se détachaient nettement les volutes de fumée de l'explosion. Une aile se brisa, quelques débris volèrent, fragments d'hélice ou de moteur, pendant que le monoplan, mortellement atteint, venait s'écraser sur le sol, entraînant les deux aviateurs qui le montaient.

— Ouf! murmura le commandant, me voilà un gros souci de moins sur le cœur! N'importe, ces gens-là, sur leur appareil de toile, ce sont des braves!

Cependant, le combat d'artillerie continuait avec autant de violence. Toute la ligne ennemie, maintenant, était jalonnée par les lueurs des coups de canon, auxquels se mêlait le crépitement de la fusillade. L'adversaire nous était nettement supérieur en nombre, et sa position, qu'il avait soigneusement choisie et fortifiée, était formidable par rapport à celle de nos troupes.

Sur les trois batteries du commandant Léoube, l'une avait été tellement éprouvée que les hommes valides, trop peu nombreux pour continuer le tir, restaient blottis derrière les caissons. La batterie du capitaine Sabord ne tirait plus qu'avec trois canons, le quatrième avait été atteint par un obus qui, éclatant au moment où il touchait le sol entre les roues de la pièce, l'avait soulevée, avait mis les servants hors de combat, brisé les roues, tordu l'essieu.

Dans les dernières clartés du crépuscule, on voyait, du point où Jacques se tenait avec le commandant, le groupe si cruellement atteint, les lueurs rapides qui ponctuaient nos lignes et les positions ennemies, les petits panaches blancs des obus éclatant avec une détonation sèche suivie du sifflement sinistre des éclats déchirant l'air. Malgré nos pertes, nous tirions toujours.

Pendant tout ce temps-là, nos fantassins, sortant du fond du ravin qui les abritait, avaient progressé par bonds, en tirailleurs ; ils se dissimulaient derrière tous les obstacles du sol, arbres, haies, rochers, fossés, et, à chaque arrêt, tiraient des coups de fusil. Mais cette marche en avant fut très lente, à cause de la résistance acharnée qu'opposaient les Allemands.

La nuit vint arrêter les hostilités ; les deux ennemis épuisés cessèrent le feu ; une trêve tacite intervint, chacun se replia sur ses premières positions.

— Nous allons recommencer demain, dit à Jacques le commandant en parcourant les batteries ; nous ne céderons pas. Nos aéroplanes nous ont enfin rejoints et nous seront d'un grand aide. Malheureusement, mon pauvre groupe est bien éprouvé. Voyez, la première batterie n'a plus d'officiers! Aussi vais-je me passer de vous demain. Vous me rendrez plus de services en prenant le commandement de la première section ; le lieutenant Julat commandera la batterie. Vous pouvez prendre votre poste et réorganiser votre personnel.

IX

Lauderet parvint à la première batterie en même temps que les brancardiers venant ramasser les blessés et les morts. On entendait des gémissements, des cris plaintifs ; des hommes appelaient leur mère, d'autres pleuraient. Jacques eut un sursaut en butant, dans la demi-obscurité, contre un corps étendu. Près des canons, les hommes, fous du fracas de la mitraille, les yeux hagards, étaient assis les uns près des autres. Les attelages arrivèrent au pas ; dans la lumière indécise, on accrocha les canons aux avant-trains, et le groupe alla se reformer dans une terre labourée, en arrière de la position. Quand les chevaux dételés eurent reçu leur ration, des hommes, exténués, n'ayant même pas la force de manger, s'allongèrent sur le sol et s'endormirent d'un sommeil pesant.

Jacques aperçut deux soldats occupés à bander le bras d'un troisième ; ce bras pendait lamentablement, le sang ruisselait jusqu'à terre. Lauderet s'approcha.

— Il faut aller à l'ambulance, mon ami, on vous soignera.

L'homme le regarda, l'œil farouche et méfiant. Il secoua la tête en signe de dénégation, et dit lentement :

— Je ne veux pas y aller, on m'amputerait ! J'aime mieux rester ici !

Jacques le contempla, stupéfait, et le crut fou.

Sur ces entrefaites arriva le lieutenant Julat, qui venait prendre le commandement de la batterie.

— Ah! c'est vous, Lauderet, dit-il ; nous allons travailler ensemble. Veuillez prévenir le maréchal des logis Bourgeois, qui remplit les fonctions de chef de la deuxième section, qu'à 2 heures du matin nous lèverons le parc. Jusque-là, vous êtes libres ; assurez-vous que vos coffres soient approvisionnés en munitions.

Julat s'éloigna ; Jacques s'achemina vers le parc où le sous-chef artificier s'occupait à garnir les caissons avec des obus. Les lourds projectiles heurtaient les parois métalliques, qui résonnaient sous les chocs. À ce moment, il aperçut le vague-mestre qui venait vers lui.

— J'ai une lettre pour vous, mon lieutenant, lui dit le sous-officier en lui tendant une enveloppe portant l'écriture de M. Nardin.

Un peu plus loin, au milieu d'un petit groupe de soldats, Jacques vit la cantinière qui, à la lueur de la lanterne de sa voiture, distribuait du vin et du café. Il s'approcha de la lumière pour lire la lettre qu'il venait de recevoir :

Paris, le   juillet 191

MON CHER ENFANT,

Où ces lignes vous trouveront-elles? Je souhaite que vous les receviez sans retard, car elles vous apporteront une grande nouvelle. Grâce à vous, mon cher Jacques, grâce à vos expériences, j'ai pu mettre au point votre découverte sur la transmission de l'électricité, et j'en ai trouvé une application providentielle. Grâce à vous, la France est, à l'heure actuelle, dotée d'un engin d'une puissance et d'une sécurité si évidentes que notre victoire sur nos ennemis me paraît assurée. Voici quelle expérience j'ai pu réaliser : le principe vous en est certainement connu ; c'est le coup de poing électrique. Vous savez, n'est-ce pas, en quoi consiste cet appareil dont se servent les mineurs : on profite du courant intense et instantané qui se produit au moment où l'on coupe un contact électrique, de ce courant qu'on appelle : extra-courant de rupture, pour produire au bout des deux fils qui partent de l'appareil une étincelle capable de mettre le feu à la charge d'explosifs placés et bourrés dans le trou de mine où plongent les deux fils.

Ce qui se faisait depuis longtemps avec des conducteurs métalliques, je suis parvenu, en me basant sur vos études, à le produire sans le secours d'aucun fil. Cette nouvelle manifestation des ondes hertziennes est évidemment la plus importante de toutes, puisqu'elle va donner à notre patrie la certitude de la victoire. Pour produire l'étincelle à distance, nous n'avons désormais plus besoin de conducteurs de cuivre ; il suffit que, sur le trajet de l'onde électrique, se trouvent deux corps métalliques de nature différente, l'effluve émis par l'appareil les pénètre, et si l'on change la direction de l'onde, au moment où les masses de métal sortent du champ d'action du faisceau, l'extra-courant de rupture provoque l'étincelle. J'ai pu concentrer assez l'onde émise pour produire, à plusieurs centaines de mètres, une étincelle entre la douille de cuivre qui contient l'amorce au fulminate de la cartouche et le projectile lui-même. Fort de ce résultat, j'ai sollicité une entrevue du ministre de la Guerre ; une Commission a été nommée devant laquelle j'ai répété mes expériences. Les assistants ont été stupéfaits ; j'ai fait, sous leurs yeux, exploser une cartouchière, et j'ai prouvé que je pourrais tout aussi bien faire sauter de même un caisson plein d'obus. Le ministre veut que je poursuive immédiatement ces essais pour arriver à obtenir des résultats à deux ou trois mille mètres, c'est-à-dire aux distances courantes de tir. Mais il faut construire des appareils, et j'ai dit au ministre que je me chargerais bien volontiers de ce travail, mais qu'il fallait que vous m'aidiez. Vous avez plus d'habitude que moi pour toutes ces questions de mécanique, et puis, il y aura beaucoup de calculs à faire pour lesquels nous ne serons pas trop de deux. Enfin, mon cher enfant, cette découverte étant votre œuvre, n'est-il pas juste que vous ayez la satisfaction de la rendre viable ? Ne me dites pas qu'en ce moment vous servez la patrie ; vous la servirez mieux en revenant à Paris. Aussi suis-je très satisfait parce que le ministre a bien voulu m'accorder ce que je lui demandais. Il vous met hors cadres, à sa disposition, et vous allez recevoir sans tarder, si ce n'est déjà fait, cette nouvelle officielle. Je vous en prie, hâtez-vous de revenir dès que vous le pourrez ; nous causerons longuement de tout cela quand vous serez ici.

J'ai de bonnes nouvelles à vous apprendre de Madeleine. Votre fiancée (je suis heureux de l'appeler ainsi) a beaucoup de travail à l'infirmerie de la gare de Dijon. C'est là que sont dirigés tous les blessés de notre armée du Sud. Aussi ses lettres sont-elles rares et brèves, mais toutes me tranquillisent sur son état de santé. Sur ce, mon cher Jacques, en vous exprimant toute ma joie pour votre belle découverte, et toute ma fierté quand je songe aux liens qui nous unissent à vous, je forme des vœux pour votre prompt retour à Paris, et vous envoie l'assurance de ma plus vive affection.

Pendant la lecture de cette lettre, déchiffrée péniblement à la lueur vacillante du falot de la cantinière, Jacques, à chaque ligne, avait senti son âme envahie par un immense bonheur. M. Nardin venait d'obtenir le couronnement de laborieuses recherches auxquelles lui, Jacques, avait consacré le meilleur de son temps dans le calme de la paix ; il était fier de se dire qu'il allait pouvoir rendre un service incalculable à la patrie. En outre, au fond du cœur, il éprouvait une vague sensation de soulagement à l'idée de quitter le poste périlleux où il se voyait placé. Certes, il n'était ni poltron ni lâche; mais il avait vu de si près l'épouvantable spectacle de la mitraille fauchant les vies humaines que, malgré lui, sa chair se révoltait à l'idée de cet enfer et qu'il s'estimait heureux de pouvoir désormais n'y plus risquer la mort. Quand cette idée lui apparut bien nette, il rougit de son manque de courage et, pour dissiper cette obsession, se mit à marcher à travers le campement. Sous la pâle clarté de la lune, on devinait les hommes dormant par terre. En prévision du départ matinal et d'une alerte possible, à cause de la proximité de l'ennemi, nul n'avait déplié son manteau ni monté la tente-abri. Les soldats s'étaient couchés où ils pouvaient, sous les voitures, au pied des arbres, pendant qu'au loin on entendait, troublant seul le silence de la sereine nuit d'été, le : « Qui vive ? » des sentinelles.

À la fin, Jacques pensa qu'il devait être près de 10 heures et qu'il avait encore quatre heures de repos avant le départ ; il était brisé de fatigue, lui aussi, et s'étendit par terre, contre une haie.

Mais le sommeil ne vint pas le délasser. Les idées les plus tumultueuses affluèrent à son esprit. Devait-il partir ? Devait-il rester ?

Rester ? Pourquoi donc ? M. Nardin ne lui disait-il pas dans sa lettre qu'il rendrait plus de services à la France en revenant à Paris au plus vite? Ici, que pouvait-il faire? Il était lieutenant dans une batterie ; d'autres pouvaient aussi bien que lui, mieux que lui même, remplir ces fonctions, qui exigent autant de sang-froid que la parfaite connaissance des règles de tir. A Paris, il était indispensable. Ses recherches, ses études faisaient de lui l'homme unique de la situation. Donc, il fallait partir ; et Jacques se leva pour aller à la recherche du commandant, qu'il voulait prévenir. Soudain, il se ravisa :

— Je ne peux pas partir sans lettre de service, pensa-t-il ; l'avis de M. Nardin ne suffit pas. Il faut attendre l'ordre ministériel ; jusque-là, rien à faire!

Alors, tranquillisé, il revint s'asseoir près de la haie.

Son calme ne dura pas longtemps.

— Peut-être le commandant Léoube me cherche-t-il, s'il a reçu l'ordre ? C'est par lui que je serai prévenu, car le ministre emploiera la voie hiérarchique. S'il a reçu ma nomination, non seulement je puis, mais je dois partir !

Puis il se demanda :

— Le commandant, où le trouver, maintenant? Il n'y faut pas songer. Pourquoi vouloir précipiter les événements? Le seul parti raisonnable est de rester à la tête de ma section et d'attendre qu'on vienne me relever de ce poste d'honneur, car ici c'est un poste d'honneur! La journée de demain sera plus dure encore que celle d'aujourd'hui, il nous faut absolument déloger l'ennemi d'Himmelsleben! C'est l'honneur de la France qui est en jeu, et ce sera pour l'Alsace la fin d'une humiliation trop longue, quand on saura que les Prussiens ont repassé le Rhin. Cet honneur-là, nul ne peut le fuir! Puisque Dieu veut que j'y sois convié, c'est bien simple, je ferai mon devoir.

Alors Jacques connut quelques instants de repos. Ses yeux se fermèrent, et mentalement il récita la courte prière qu'il disait chaque soir, en demandant à Dieu de veiller sur la France et de le préserver. Alors il s'arrêta brusquement :

— Et si je suis blessé ? pensa-t-il. Si je suis tué ? Que deviendra M. Nardin, qui m'attend? Ne me serai-je pas dérobé à l'honneur d'être utile à ma patrie? Si, par la faute d'une

balle, d'un éclat de mitraille, je suis mis hors de combat?
Si je dois passer des mois à l'hôpital, mourir dans un fossé
du chemin? Non, non, il faut partir! Dès demain, avant que
la colonne se mette en route, j'irai trouver le commandant
et je lui raconterai tout. Pourquoi risquer ma vie quand la
voix de la patrie elle-même m'appelle à la servir plus efficacement, quand l'avenir s'ouvre à moi si séduisant? Ne suis-je
pas fiancé? Ai-je donc le droit de disposer seul de mon existence?

A ce moment, Jacques perçut contre sa poitrine le léger
frottement de sa plaque d'identité; sa main rencontra la petite
médaille de Notre-Dame des Armées. Il l'attira pieusement à
lui et la baisa de toutes ses forces.

— Ma fiancée, dit-il, voilà sa réponse. Sans nul doute, à
l'heure actuelle, elle espère et elle prie, dans son infirmerie
tout encombrée de blessés; son blanc costume d'infirmière
est peut-être taché par le sang de nos soldats. Là-bas, tous ont
donné à la France le meilleur d'eux-mêmes : eux, leur sang ;
elle, son cœur, qu'elle dépense sans compter auprès des vic-
times de la guerre.

Alors, au fond de son être, Jacques ressentit une sorte d'envie
en songeant à ces blessés que soignait Madeleine Nardin. Il
n'en était pas jaloux, mais leur sort lui parut infiniment dési-
rable. Il eût accepté joyeusement une blessure, pourvu qu'elle
fût pansée par les blanches mains de sa fiancée; loin de fuir
le danger, il se mit à le désirer.

— Et puis, se dit-il, pourquoi partir? M. Nardin ne s'illu-
sionne-t-il pas sur l'importance des services que je pourrais
lui rendre? Est-il possible qu'un savant, membre de l'Institut,
ait besoin d'un jeune homme pour se livrer à des études sur
l'électricité?

Jacques haussa les épaules. Il pensa que M. Nardin avait
exagéré volontairement au ministre l'importance de son colla-
borateur, dans le but de soustraire aux dangers de la guerre le
fiancé de sa fille, et que les expériences se poursuivraient tout
aussi bien sans lui.

— D'ailleurs, ajouta-t-il, on aura, demain, besoin de moi

ici ; le commandant n'a pas encore reçu d'officiers pour remplacer ceux mis hors de combat ; il compte sur moi, c'est bon ! Après la bataille, si l'ordre est arrivé, je pourrai partir tranquille!

Et, serrant la petite médaille sur son cœur, il s'endormit profondément.

X

Jacques fut réveillé par la rumeur du départ ; le froid vif dans la nuit noire acheva de le dégourdir, et il fut promptement debout. Un murmure confus régnait dans le camp, bruit de sabres, de chaînes d'attelage, quelques ordres donnés à mi-voix. Il courut à son poste, serra la main du lieutenant Julat, accepta un gobelet de café chaud que distribuaient des hommes de corvée. Pendant qu'il vérifiait ses attelages, le commandant arriva. Dans la nuit, on le voyait à peine, et sa voix seule le fit reconnaître.

— Le lieutenant Landeret est-il là ?

— Oui, mon commandant, répondit celui-ci en sortant du groupe de ses conducteurs.

— Bonjour, Landeret, lui dit M. Léombe en lui tendant un pli ; voici quelque chose pour vous!

Jacques sentit son cœur se serrer en devinant qu'il recevait l'ordre du ministre ; en outre, il perçut le dépit et le dédain dans la voix du commandant, qui regrettait de le voir partir et croyait que son départ était le résultat de démarches en vue de se soustraire aux dangers de la guerre.

Cependant, ils s'étaient éloignés un peu des batteries ; Jacques avait pris la lettre et la mit dans sa poche.

— Mais lisez-la donc, cette lettre! lui dit le commandant. Vous n'avez pas d'allumettes sur vous, pour vous éclairer?

— Cela ne presse pas, répondit Jacques, j'ai bien le temps d'en prendre connaissance.

— Mais non, mon cher! Vous ne savez donc pas ce qu'on vous annonce? grogna le commandant. C'est un ordre du ministre. Mes compliments! Vous voilà casé dans un bon fromage!

Jacques, dans la nuit, ne voyait que la silhouette du commandant et n'apercevait pas sa physionomie ; mais le ton de la voix avait un tour d'ironie si amère que le jeune homme n'y tint plus.

— Mon commandant, lui dit-il, je sais, sans l'avoir lu, ce que contient l'ordre que vous me remettez. J'en suis prévenu depuis hier soir par une lettre privée ; je sais que je suis attaché à l'état-major particulier du ministre. Eh bien, je vous prie de m'autoriser à remplir encore aujourd'hui les fonctions de chef de section que vous avez bien voulu me confier ; c'est un poste d'honneur que je ne veux pas être soupçonné de fuir.

Le commandant s'était radouci.

— Mais, mon cher ami, lui dit-il, c'est impossible ! L'ordre est formel, il faut que vous partiez!

— Je vous en prie, mon commandant, attendez la fin de la bataille! Remarquez, d'ailleurs, une chose : ma nomination aurait pu ne vous parvenir qu'aujourd'hui, et, dans ce cas, il eût été trop tard pour me la remettre ; et puis avez-vous un chef de section pour me remplacer?

La voix du commandant devint hésitante :

— Bah! J'en trouverai bien un!

— Alors, il est tout trouvé, mon commandant, je reste!

— Eh bien, soit! En vous accordant ce que vous demandez, je n'agis peut-être pas très régulièrement, mais, ma parole, vous me tirez d'un rude embarras, et je vous remercie ! Et maintenant, à cheval, et en route !

Dans la nuit que blanchissaient à peine les lointaines lueurs de l'aube, la colonne se mit en marche. Mais, cette fois, d'après les ordres reçus avant le départ, les batteries gagnèrent, par un chemin pierreux et encaissé, le fond du vallon où nos fantassins se préparaient à l'attaque, et elles gravirent l'autre versant. On installa les pièces près d'une crête, comme la veille, mais bien plus près de Himmelsleben, dont on n'était plus guère qu'à deux mille mètres.

Pendant ce mouvement, nos fantassins s'éparpillaient en tirailleurs et commençaient à s'avancer vers le village. L'ennemi, sûrement, avait éprouvé des pertes sérieuses, car il s'était replié, et nos soldats se glissaient en avant dans un silence de mort.

Enfin, un coup de feu déchira l'air, puis un second, et la fusillade se mit à crépiter sur toute la ligne.

A leur tour, les canons firent entendre leur voix puissante ; la bataille recommença, terrible, implacable. Debout derrière son caisson, Jacques calmait la fièvre de ses hommes et surveillait le tir de ses pièces. Mais, en lui-même, il regrettait son poste de la veille, non pas à cause du danger plus grand qu'il pouvait courir à l'heure actuelle, non, certes ! en ce moment plus que jamais, tout sentiment de crainte était absent de son cœur, mais parce que, la veille, il pouvait voir, il pouvait suivre les péripéties de la lutte, juger les coups, prévoir l'efficacité du tir de nos troupes ou de l'ennemi ; ce matin, près de ses pièces, l'horizon, barré devant lui par la crête qui masquait les canons des vues ennemies, il ne voyait rien, ne savait rien. Le lieutenant Julat, placé de manière à voir le but, lui transmettait par chiffres les éléments de son tir, et les pièces mitraillaient l'ennemi sans pouvoir apprécier les dégâts qu'elles lui causaient.

Soudain, plusieurs détonations sèches éclatèrent à quelques centaines de mètres en avant de nos batteries ; Jacques vit au-dessus de la crête les flocons de fumée produits par l'explosion des obus ; une deuxième salve éclata plus près, quelques balles des shrapnells vinrent frapper les coffres métalliques des caissons avec un bruit mat.

— Attention, se dit Jacques, la prochaine salve sera pour nous !

Et, sans vergogne, il se blottit, à côté de ses hommes, tout près d'un caisson. La rafale arriva, violente, étourdissante ; les six coups des canons prussiens vinrent éclater, en un horrible fracas, l'un après l'autre, au-dessus de la tête de nos artilleurs. Quand ce fut fini, quand les derniers éclats eurent, en sifflant, fait voler des mottes de terre et des touffes d'herbe, quand la fumée âcre se fut un peu dissipée, après un moment d'indicible angoisse, Jacques se releva lentement et put constater que pas un de ses hommes n'avait été blessé. L'artillerie ennemie, tirant contre nos batteries invisibles, cherchait la distance convenable et allongeait son tir. Les obus, maintenant, allaient éclater dans le ravin, bien loin derrière nous, et nos canonniers, en voyant ce gaspillage inutile de mitraille, ne pouvaient s'empêcher de rire, mais ce rire était nerveux et crispait les visages.

Soudain, le lieutenant Julat, qui venait de recevoir un ordre du commandant, appela Jacques :

— Vite, lui dit-il, amenez vos pièces à bras jusque sur la crête ; on va donner l'assaut. Pointez sur le village, à obus explosifs !

Rapidement l'ordre s'exécuta. Sans souci de la mitraille, les servants s'arc-boutèrent aux roues des canons et des caissons et les firent avancer de quelques mètres. La silhouette de nos pièces se détacha fièrement sur le ciel, et Jacques put enfin contempler le champ de bataille. Un régiment de dragons français chargeait à une allure folle, dans la direction du bois qui couvrait la droite de Himmelsleben et d'où partaient des coups de feu nombreux. On voyait les cavaliers bondir, sauter des obstacles ; enfin, ils atteignirent le bois et y disparurent. De ce côté, la fusillade cessa.

Vers le milieu du champ de bataille, juste en avant de la batterie de Jacques, qui recommençait le feu, nos fantassins avançaient, précédés de leurs tirailleurs. Un retranchement, en avant du village, se ponctuait fréquemment des lueurs crépitantes des coups de fusil. Jacques pointa ses deux pièces sur cet objectif, et les deux obus à la mélinite allèrent exploser, avec un bruit formidable, au milieu des lignes ennemies.

Alors une musique joyeuse s'éleva : les clairons français sonnaient la charge ! Les colonnes d'infanterie, jusque-là masquées, se levèrent et s'élancèrent au pas de course. On vit avec émotion les drapeaux flotter au vent ; notre artillerie redoubla d'activité, et le village ne forma plus qu'un amas fumant de décombres.

Sur l'ordre de Julat, nos canons se turent ; il fallait éviter d'atteindre nos troupes, qui s'étaient jusqu'alors avancées, protégées par le feu de notre artillerie. Nos canonniers, maintenant inutiles, auraient dû s'abriter derrière leurs pièces, mais, dans l'émotion qui les étreignait en contemplant l'entrain sublime de notre armée ruée à l'assaut de Himmelsleben, nul n'y songea. Chacun voulait voir, malgré les projectiles ennemis qui continuaient à pleuvoir ; une dernière rafale vint éclater dans nos batteries ; Jacques fut renversé par l'explosion d'un obus, projeté contre un caisson qu'il heurta violemment de la tête ; en même temps, il ressentit une vive douleur au bras, mais il ne put se rendre compte de ce qui se passait ; parmi les cris de victoire qui saluaient l'entrée de nos troupes dans Himmelsleben, il perdit connaissance.....

Quand il revint à lui, vers le soir, il était étendu sur un drap recouvrant un tas de paille, dans une grange pleine de blessés. Sa tête était enveloppée dans des pansements, et l'on avait coupé la manche de sa tunique et de sa chemise ; son bras gauche était immobilisé dans des bandages. Un major achevait de le soigner :

—Allons, lieutenant, lui dit-il, vous n'avez rien de grave : une balle dans le bras et une forte contusion à la tête, que vous avez dû recevoir en tombant. Nous avons extrait la balle, la blessure du crâne ne sera, je l'espère, pas sérieuse. On pourra vous évacuer sur l'hôpital, et dans quinze jours il n'y paraîtra plus.

Pendant que le docteur parlait, Jacques avait complètement repris connaissance, et peu à peu les événements du matin lui revenaient à l'esprit :

—Monsieur le major, finit-il par dire, suis-je assez fort pour supporter un voyage ?

Le médecin se méprit sur le sens de ces paroles :

—Vous ne pouvez pourtant pas rester ici, lui dit-il ; nous avons assez à faire et nous ne pouvons nous occuper de vous.

—Ce n'est pas ce que j'ai voulu dire, Monsieur le major. Si je puis être transporté, je désirerais être évacué sur Paris. J'y dois rejoindre au plus tôt l'état-major particulier du ministre ; mon ordre de service est dans ma poche.

—Dans ce cas, c'est facile, lieutenant ! Je vais vous faire transporter à l'hôpital de Belfort, chargé de l'évacuation de nos blessés ; le médecin chef, que vous préviendrez, vous expédiera sur Paris. Vous partirez demain ; pour cette nuit, vous pourrez reposer, je l'espère, dans une chambre de la ferme à côté ; vous y serez plus tranquille qu'ici.

Jacques remercia. Dans la grange, en effet, on n'entendait que gémissements, plaintes et râles. Une odeur douçâtre flottait en l'air, mélange de sang et de chloroforme ; les infirmiers s'empressaient, bandaient les blessures, pansaient les plaies.

Le médecin major revint, suivi de deux aides :

— On va vous transporter, lieutenant. Je vous souhaite une bonne nuit ; évitez de trop remuer.

Les deux hommes soulevèrent Jacques avec précaution, le déposèrent sur un brancard et sortirent de la grange. Dans la ferme, en passant, il put voir, par une porte ouverte, la cuisine transformée en salle d'opérations. Un médecin en blouse blanche, entouré d'infirmiers, se tenait auprès d'une table sur laquelle un corps inerte était étendu. Jacques vit, sur une chaise, briller dans une trousse les scalpels, les pinces, les bistouris, et cette vue lui donna le frisson. Mais ce ne fut qu'un éclair ; on le fit entrer dans une pièce où des matelas, étendus par terre, s'alignaient le long des murs ; plusieurs étaient occupés. Un infirmier qui surveillait cette salle vint reconnaître les arrivants et reçut la fiche concernant Jacques. Il la lut, et, quand le blessé fut installé, lui dit tout bas, en souriant :

— Eh bien, mon lieutenant, vous avez moins de mal que la plupart de vos voisins.

Lauderet, les yeux clos, ne répondit pas ; il souleva sa main droite en un geste apitoyé et la laissa retomber sur le drap. Cependant, l'infirmier l'entendit murmurer :

— La bataille ? Avons-nous la victoire ?

— Oui, mon lieutenant, c'est la victoire, répondit le soldat avec un sourire joyeux. Nos troupes ont délogé l'ennemi de Himmelsleben et l'ont obligé à repasser le Rhin. L'Alsace est libre !

Malgré ses souffrances et sa faiblesse, Jacques était heureux. Il remerciait Dieu de lui avoir permis de verser son sang pour la patrie, de voir la victoire acquise à notre armée, de sentir l'Alsace enfin délivrée du joug prussien. Et, par-dessus tout, il se sentit envahi par une ineffable allégresse à l'idée qu'il avait rempli tout son devoir et qu'il pourrait désormais, sans encourir le reproche de s'être mis à l'abri, s'adonner à ses expériences avec M. Nardin.

Il eût voulu parler à l'infirmier, mais celui-ci s'était éloigné pour soigner les blessés dont il avait la garde et recevoir ceux qu'on lui amenait fréquemment. La nuit était maintenant complète ; le soldat alluma, pour éclairer la chambre, une lanterne et fit une dernière fois la visite de ses blessés.

— Avez-vous besoin de quelque chose, mon lieutenant ?

— Oui, dit Jacques ; arrangez-moi de manière à ne pas trop fatiguer mon bras.

Avec une grande douceur, l'infirmier réinstalla Lauderet et se mit à sourire. Jacques s'en étonna. Alors le soldat lui montra, sortant par la coupure de la manche qu'avait pratiquée le major, le cordon qui portait, suspendues au cou de Jacques, la plaque d'identité et la petite médaille de Madeleine.

— La Sainte Vierge vous a protégé, lui dit-il doucement.

Jacques, surpris, le regarda.

— Ne vous étonnez pas de mes paroles, mon lieutenant, reprit l'infirmier, je suis séminariste, et c'est une consolation pour moi de voir une médaille sur la poitrine d'un soldat. Ah ! si tous vous imitaient !

— Oui, dit Jacques avec mélancolie, la France serait plus forte si elle mettait davantage sa confiance en Dieu. Les Allemands l'ont mieux compris, eux qui n'ont pas craint de graver sur leur médaille commémorative de 1870 : *Gott war mit uns, Ihm sei die Ehre !* (1).

— Que Dieu ait pitié de la France et lui donne la victoire! murmura le séminariste.

— Oui, dit Jacques, pensif, il faut prier pour cela!

— Eh bien ! prions, voulez-vous ? demanda l'infirmier.

A la lueur vacillante et lointaine de la lanterne posée sur la table, dans le silence de la nuit, coupé seulement par les

---

(1) Dieu était avec nous, que l'honneur soit pour lui !

gémissements des blessés, la prière de l'humble soldat et du lieutenant, ardente et généreuse, monta vers le Dieu des armées.

XI

Cette nuit-là, Jacques dormit mal. Sa blessure lui donnait de la fièvre, et continuellement il entendit dans la ferme le va-et-vient des brancardiers qui revenaient du champ de bataille. A ce murmure étouffé des allées et venues s'ajoutaient les cris de souffrance des blessés, et dans la chambre même où Jacques gisait, un malheureux ne cessa de gémir.

Vers le matin, le major à trois galons vint faire sa visite. Sa blouse blanche était maculée de sang, ses manches retroussées jusqu'aux coudes. Il s'approcha des blessés, laissant reposer ceux qui dormaient, s'inquiétant des autres.

— Bonjour, Monsieur le major, lui dit Jacques à voix basse.

— Bonjour, bonjour, lieutenant ; avez-vous pu dormir ?

— Mal, répondit Lauderet, mais je me sens mieux.

— Oui, poursuivit le médecin en lui prenant la main, vous n'avez plus de fièvre et vous supporterez bien le voyage. Savez-vous comment on va vous transporter ? Vous avez de la chance : au lieu de vous faire partir dans la voiture d'ambulance jusqu'à la gare, qui est à six kilomètres d'ici, et là vous mettre dans le train sanitaire qui devrait vous amener à l'hôpital, je vais, puisque vous êtes si pressé de regagner Paris et que c'est pour une affaire de service, vous mettre dans une auto de réquisition qui nous est arrivée cette nuit. Nous sommes à cinquante kilomètres de Belfort, et le chauffeur aura vite fait la course. Cela vous va ?

Jacques remercia le major avec effusion, tant était grande sa joie de vite regagner Paris.

— Quand partirai-je ? demanda-t-il.

— Tout de suite, si vous le voulez ; laissez-moi le temps d'établir votre bulletin.

Le major alla s'asseoir à la table ; il écrivit rapidement une note et revint la donner au blessé.

— Voilà qui est fait, lui dit-il ; voulez-vous essayer de vous lever ?

Avec son aide, Jacques se dressa sur son matelas, puis parvint à se mettre debout. Mais son bras lui parut pesant, sa tête tournait, il chancela ; le major s'en aperçut :

— Asseyez-vous, lui dit-il ; nous vous mettrons le bras en écharpe et l'infirmier vous conduira jusqu'à la voiture.

Soutenu par le séminariste, Jacques monta dans une confortable auto sur laquelle deux drapeaux, l'un français, l'autre de la Convention de Genève, flottaient joyeusement. Avec infiniment de soins, l'infirmier l'installa dans le fond de la limousine, le couvrit d'un manteau de soldat et lui dit à voix basse :

— Bon voyage, mon lieutenant ! Que Dieu vous protège !

— Merci, lui dit Jacques en lui serrant la main.

Le moteur trépida et l'auto s'éloigna rapidement vers Belfort.

Sur la route, ils durent ralentir souvent, à cause des nombreuses troupes qu'ils croisèrent. C'étaient d'interminables convois de vivres, de munitions, de fourrages. Jacques reconnaissait l'itinéraire qu'il avait suivi quelques jours plus tôt, les villages, les clochers pointus. Il revit l'endroit où il avait passé la nuit dehors, près des chevaux. Au loin, du côté de la France, les Vosges profilaient leurs contours arrondis estompés dans la brume matinale. On commençait à distinguer les forêts de sapins, et Jacques éprouvait un grand bonheur en se disant :

— Enfin, les Vosges sont à nous, tout entières !

Et du fond du cœur il bénissait Dieu du succès de nos armes.

Puis il s'étonna de n'avoir pas encore pensé, depuis qu'il l'avait apprise, à la découverte annoncée par M. Nardin. De sa main valide, il chercha dans sa poche et relut la lettre avec avidité. Quel bonheur il en éprouvait ! Il ne ressentait plus ni la blessure de son bras ni les contusions de sa tête ! Il aspirait après le moment où, ayant rejoint son ancien professeur, il pourrait avec lui collaborer à la victoire définitive de la France. Aussi, malgré la rapidité de l'allure de son auto, trouvait-il le temps long.

Enfin, il repassa devant le poteau-frontière et, peu d'instants après, la limousine s'arrêta devant l'hôpital militaire.

Jacques se leva, mais le soldat qui lui avait servi de chauffeur vint l'aider à gravir les marches de l'escalier. Des infirmiers arrivèrent et conduisirent le lieutenant devant le médecin major de service. C'était un tout jeune homme, qui prit la fiche de Jacques et la lut avec attention.

— Vous êtes donc bien pressé de nous quitter, mon lieutenant? demanda-t-il.

— Oui, répondit Jacques, je me sens bien et désire partir au plus tôt.

— Voyons, laissez-moi d'abord refaire votre pansement, et nous déciderons ce soir, avec le médecin chef, quand il fera sa visite, à quel moment vous pourrez partir.

Quand le jeune aide-major eut terminé :

— Tout va bien, dit-il à Jacques ; simple affaire de temps pour la cicatrisation ; pas de fièvre, pas d'inflammation, et je pense que mon chef de service ne verra pas d'inconvénient à ce que vous partiez demain. En attendant, reposez-vous.

Et Jacques, bien installé dans sa petite chambre, s'endormit d'un sommeil paisible dans son lit d'hôpital.

Vers le soir, le médecin chef vint l'examiner, comme l'aide-major l'avait annoncé. Tous deux furent du même avis, et Jacques fut autorisé à quitter l'hôpital le lendemain.

— Justement, lui dit le major, nous avons un train sanitaire qui partira demain matin pour Dijon ; nous évacuons nos blessés vers l'intérieur de la France, pour faire de la place à ceux qui nous arrivent de la ligne du feu. Nous venons d'en recevoir quatre cents provenant du combat de Himmelsleben.

Mais Jacques ne l'écoutait plus.

— Dijon, pensait-il, quel bonheur, mon Dieu! C'est à l'infirmerie de la gare de Dijon que se trouve Madeleine!

Que lui importaient, dès lors, les explications du médecin! Madeleine! Il allait revoir Madeleine! A cette idée, son cœur bondissait, et il se mit à compter les heures qui le séparaient encore de ce moment si désiré.

La nuit lui parut longue ; aussi fut-il réellement soulagé quand, dès l'aube, le médecin vint, en passant la visite, vérifier son pansement avant le départ.

Puis, dans la cour de l'hôpital, se forma le long et douloureux cortège des trois cents blessés qu'on conduisait au train. Les plus grièvement atteints, ceux qui ne pouvaient marcher, furent allongés dans des voitures d'ambulance ou portés sur des civières par des brancardiers ; les autres prirent place dans des voitures de réquisition, omnibus d'hôtel ou voitures de maîtres.

Le cortège parvint à la gare, où, sous la surveillance des médecins, les infirmiers et les dames de la Croix-Rouge installèrent les blessés dans les wagons rangés le long du quai. Jacques tressaillit en voyant les robes blanches sur lesquelles s'étalait, triomphante comme une décoration, la croix rouge. Il pensa que Madeleine avait raison quand elle disait : « Pour Dieu et pour la France ! » La croix ? N'était-elle pas le labarum qui devait conduire nos armées à la victoire, comme autrefois les légions de l'empereur Constantin ? Parmi toutes les horreurs, toutes les tristesses qu'une guerre entraîne fatalement après elle, la croix vient s'installer, souveraine puisqu'elle est neutralisée, bienfaitrice puisqu'elle protège les blessés. Elle rayonne sur le tablier blanc de l'infirmière, sur le brassard du médecin, sur le drapeau qui surmonte l'ambulance ou l'hôpital. Et Jacques, en parcourant le quai où se pressaient la foule des blessés et leurs aides, dans l'impatience du départ, sentait son amour s'aviver pour Madeleine, en pensant qu'elle aussi, la noble fille, se dévouait actuellement à sa tâche sublime d'infirmière.

— Je vais la revoir, ne cessait-il de répéter.

Cependant, les wagons s'emplissaient. Dans les fourgons aménagés en hôpital, les infirmiers terminaient leurs préparatifs de route. En queue du train étaient attelées des voitures à voyageurs pour les blessés qui n'étaient pas obligés de rester au lit. Jacques y monta parmi d'autres officiers et des soldats ; il n'y avait plus de distance entre ces braves, le baptême du sang les avait tous promus au même glorieux grade.

Enfin, le coup de sifflet du départ retentit, le train s'ébranla. Les médecins et les infirmiers qui restaient sur le quai firent le salut militaire aux blessés qui partaient. Les dames de la Croix-

Rouge adressèrent un dernier adieu à leurs malades, et le convoi quitta Belfort.

Dans le compartiment de Jacques, chacun se mit à parler de la guerre, des nouvelles que l'on pouvait savoir, de l'investissement de Metz, dont le siège devenait de plus en plus étroit. Puis chacun parla de ses blessures ; on raconta passionnément, avec grands détails, les péripéties des luttes auxquelles on avait pris part.

Pendant ce temps, les paupières mi-closes sous le bandage qui lui serrait le front, enfoncé dans un coin, Jacques paraissait étranger à ce qui se disait autour de lui. Il était tout au bonheur que lui causait sa prochaine rencontre avec Madeleine et songeait à l'émotion qu'elle aurait en le voyant ainsi blessé. Et le temps s'écoulait, toujours trop lentement à son gré.

Quand le train pénétra dans la grande gare de Dijon, le cœur de Jacques battit avec violence. Le jeune homme se plaça dans le couloir du wagon, avec l'espérance d'apercevoir sa fiancée ; mais en même temps il aurait voulu qu'elle ne le reconnaisse pas, tant il redoutait de l'alarmer par la vue de ses blessures ; il eût voulu la faire prévenir et la rassurer. Sur le quai, les dames de la Croix-Rouge s'empressaient, les infirmiers transportaient les civières, les médecins montaient dans les wagons pour visiter et classer les blessés. Parmi tout ce mouvement les employés du chemin de fer, le brassard au bras, activaient les manœuvres. La grande halle était pleine de bruit. Jacques avait une feuille de route établie pour Paris ; le major la parcourut et lui dit :

— C'est bon, vous êtes libre!

Lauderet descendit sur le trottoir et se mit à chercher Madeleine. Il parcourut les quais encombrés par les civières, regarda dans les wagons ; nulle part il ne la vit.

Désappointé de ne pas la trouver, il eut l'idée de suivre la longue file de brancards qui se dirigeait vers les salles d'attente. Ces immenses locaux avaient été transformés en infirmerie où nos malheureux blessés étaient déposés en attendant leur transport définitif à l'hôpital.

Plus que les autres, la grande salle d'attente des troisièmes

classes était garnie par des lits de fer. Les infirmières circulaient parmi les blessés, redressant l'un, consolant l'autre.
Debout sur le seuil de la porte, Jacques regarda pendant un
moment ; puis, ne reconnaissant pas celle qu'il cherchait, il
entra. Dans l'activité générale, personne ne fit attention à lui.
Il erra dans la salle timidement, comme s'il eût craint
d'éprouver une attristante déception, et s'apprêtait à sortir,
désolé, quand le son d'une voix connue le fit tressaillir. Il se
retourna vivement et aperçut dans un lit un homme au visage
crispé par la souffrance, les yeux fermés, les traits épuisés.
Il parlait avec effort à une jeune infirmière qui, agenouillée
près du lit, adressait au moribond des paroles réconfortantes,
celles que Jacques avait entendues.

— Vous pouvez être tranquille, mon ami, disait la voix si
douce, je vais écrire ; oui, oui, je dirai que vous êtes blessé.....
Pas gravement, bien sûr !..... Que vous ne pouvez pas tenir un
porte-plume..... Que vous donnerez bientôt vous-même de vos
nouvelles..... Bien certainement, vous le pourrez bientôt.....
Mais si, mais si, nous y comptons bien!

Jacques, plongé dans un ravissement sans bornes, contemplait en extase ce spectacle émotionnant. Madeleine! C'était
Madeleine qui parlait là, devant lui, faisant les demandes et les
réponses pour éviter toute parole inutile au blessé. Le jeune
homme eût voulu se précipiter à genoux, lui aussi, saisir ces
blanches mains qu'il voyait là se poser sur celles de l'homme
comme pour calmer sa fièvre et arranger les draps avec une
sollicitude maternelle. Et pourtant Jacques restait immobile,
n'osant rompre le charme, ne voulant pas détourner à son
profit ce baume de la charité que sa fiancée prodiguait au
blessé. Elle, cependant, continuait à parler :

— Vous dites ? Ah ! oui, je comprends ! Le bon Dieu ? Il faut
que j'écrive que vous y pensez? C'est entendu! Vous avez vu
le prêtre ce matin, je sais cela, et je le dirai, soyez sans crainte!
Vos parents seront bien consolés et rassurés quand ils le sau-
ront. Encore autre chose? Marie? Qui est-ce, Marie? Votre
sœur? Non? Votre..... fiancée! Oh! mon pauvre ami!

Madeleine s'arrêta, la voix pleine de larmes et incapable de surmonter son émotion ; elle pensait que son fiancé, à elle aussi, courait les risques de la guerre. Sans doute avait-elle en ce moment la vision que Jacques, comme ce malheureux, se tordait dans la souffrance sur quelque lit d'hôpital. Peut-être eut-elle un frisson en songeant que, la tête fendue, la poitrine trouée, il pouvait expirer sur un champ de bataille sans avoir même cette suprême consolation d'une douce parole que lui porterait une femme. Jacques devina tout cela, son cœur se fendit et il ne put se maîtriser plus longtemps. Il fit un pas vers le lit et, tout tremblant, murmura :

— Madeleine !

La jeune fille se redressa vivement en entendant prononcer son nom et regarda Jacques. Elle parut hésiter à la vue de cette tête bandée, de ce bras en écharpe ; elle étendit les bras en avant comme pour le toucher, s'assurer de la réalité ; des larmes jaillirent de ses yeux, et, retombant à genoux près du lit, elle cacha son joli visage dans son mouchoir et se mit à sangloter.

Dans l'immense salle où tant de douleurs s'exhalaient, où les larmes coulaient comme le sang, nul ne remarqua cette scène. Jacques se pencha vers sa fiancée et lui murmura de douces paroles.

Dans le lit, le blessé fit un effort pour ouvrir les yeux et jeta sur Jacques un regard hostile, comme si l'officier lui eût ravi un peu de son bonheur en détournant l'attention de Madeleine. Celle-ci, cependant, avait fini par refouler ses larmes ; son regard surprit celui de l'homme, et elle eut le courage, en s'efforçant de paraître calme, de lui dire :

— Où faut-il que j'adresse votre lettre, mon ami ?

La physionomie du blessé s'éclaira. D'une voix éteinte, il dicta l'adresse de ses parents, que Madeleine inscrivit sur un petit calepin. Puis, ayant une fois encore adressé quelques paroles affectueuses à l'homme, elle se leva, prit Jacques par la main et l'entraîna derrière elle.

Dans une pièce voisine, on avait aménagé une salle de repos pour les infirmières. Ils y entrèrent, et alors seulement Jacques put contempler, de ses yeux ravis, la sympathique jeune fille.

Son fin visage, légèrement amaigri par les veilles et les fatigues, s'encadrait à ravir dans le bonnet et le tablier blancs, et Jacques lisait sur ces traits charmants à la fois l'anxiété qu'éprouvait Madeleine en le voyant blessé et la joie qu'elle ressentait en se retrouvant près de lui et aussi en le devinant peu gravement atteint.

Elle le regarda longuement et voulut parler.

— Oh! Monsieur Lauderet! murmura-t-elle, n'osant pas l'appeler par son petit nom, qui cependant lui brûlait les lèvres.

Depuis qu'elle était sa fiancée, dans ses prières, ce nom de Jacques revenait constamment et sa pensée, à laquelle il était toujours présent, lui répétait sans cesse le petit nom du jeune homme. Mais maintenant, devant lui, elle n'osait pas, et son visage s'empourpra d'une rougeur subite. Jacques, souriant, prit sa main et la baisa respectueusement.

— Est-ce grave? demanda-t-elle d'une voix tremblante en montrant les bandages.

— Rassurez-vous, ce n'est rien, répondit Jacques d'un air enjoué : à la tête, contusions produites par ma chute contre un caisson ; dans le bras, une balle qui est extraite et dont la plaie se cicatrisera vite.

— Oh! dit-elle encore tout bas en refoulant ses larmes, la guerre est une affreuse chose! Que Dieu protège la France et nos soldats!

Puis, cédant à la pensée qui obsédait son esprit, elle se rapprocha de Jacques et lui dit sur un ton de prière ardente :

— Jacques, voudriez-vous que je refasse vos pansements?

Le jeune officier la regarda, surpris, et vit sa figure inquiète. Il comprit que Madeleine croyait qu'il voulait la rassurer en lui dissimulant la gravité de ses blessures. Alors il lui dit :

— Croyez-vous, ma chère Madeleine, que l'on me laisserait ainsi me promener si j'étais gravement atteint? En aurais-je d'ailleurs la force?

— Jacques, répondit-elle avec insistance, accordez-moi ce que je vous demande ; vous verrez, ajouta-t-elle avec une gaieté légèrement forcée, vous verrez comme je m'entends bien à soigner les blessures!

Il n'y avait pas à raisonner cette inquiète curiosité ; le jeune homme s'assit sur une chaise et Madeleine, tremblante, se mit à l'ouvrage. Lui, plus frissonnant encore au contact de cette douce main pleine d'adresse et de précaution, se laissait faire. Quand enfin fut enlevé, avec infiniment de soins, le dernier linge, quand elle aperçut la blessure du bras, la courageuse jeune fille, qui depuis le début de la guerre pansait les plaies les plus affreuses, faillit avoir un moment de faiblesse. Elle murmura :

— Oh ! pauvre Jacques !

Mais bientôt, se raidissant, elle soigna la plaie et rétablit le bandage avec une tendresse de mère. Elle traita de même la blessure de la tête, puis, quand elle eut terminé son travail, elle contempla Jacques avec satisfaction et se mit à sourire :

— C'est très bien, dit-elle, vous ne m'avez pas trompé ; vos blessures guériront, je suis bien heureuse ! Dieu vous a protégé !

Et, sans transition, elle se mit à pleurer.

Mais, cette fois, c'étaient des larmes de bonheur ; Jacques ne s'y méprit pas. Enhardi par cette intimité si douce qu'il goûtait auprès de sa fiancée, il s'approcha d'elle et, d'une voix tremblante, lui dit :

— Oui, Dieu m'a protégé ; la Vierge n'a pas oublié que vous m'aviez recommandé à elle, et votre médaille ne m'a pas quitté, elle n'a cessé de reposer sur mon cœur. Je vous remercie, Madeleine, d'avoir pensé à me l'envoyer ; venant de vous, rien ne pouvait, parmi les dangers que je courais, m'être plus précieux. Par la lettre que vous avez bien voulu joindre à celle de M. Nardin, vous avez augmenté mon courage ; soyez bénie, Madeleine, ma fiancée !

— Oh ! Jacques, quel bonheur !

— Oui, nous sommes heureux, et ma joie sera parfaite si vous consentez à m'accorder ce baiser que je désire et qui doit sceller nos fiançailles.

Le visage de la jeune fille s'empourpra d'une rougeur légère, mais elle ne se refusa pas à l'instance de Jacques ; celui-ci, religieusement, déposa sur sa joue frémissante un chaste baiser.

Puis, souriant en silence, ils demeurèrent la main dans la main ; parmi tout le fracas de cette gare, vrai réceptacle de douleurs et de misères, la joie du ciel semblait descendue pour les deux fiancés.

Enfin, Jacques apprit à Madeleine comment il regagnait Paris, comment la bonté de M. Nardin s'était manifestée à son égard, quels espoirs il pouvait envisager et le profit qui devait en résulter pour la France. Madeleine, à son tour, lui raconta son existence depuis le début des hostilités, la joie causée par la lettre où Jacques ouvrait enfin son cœur, lettre si attendue par son père et par elle, puis son départ pour Dijon, sa vie dans cette infirmerie de gare où, depuis le commencement de la campagne, elle avait vu défiler tant de blessés et soulagé tant de souffrances.

Enfin, quand fut arrivée l'heure du train qui devait emmener à Paris le lieutenant, Madeleine, toute triste, l'accompagna jusqu'au wagon. Au moment de la séparation, quand Jacques voulut monter dans son compartiment, cédant à un mouvement spontané, la jeune fille se haussa sur la pointe des pieds et embrassa son fiancé de toutes ses forces en disant :

— Je vous prie de porter à mon père ce baiser de ma part !

Et le train partit, pendant que Madeleine, le cœur serré, revenait prendre son poste auprès des blessés.

DEUXIÈME PARTIE

I

Quand Jacques débarqua dans Paris, vers 6 heures du matin, il eut quelque peine à découvrir un fiacre dans les parages de la gare de Lyon. Tout avait été mobilisé, réquisitionné. Il finit par apercevoir, en s'avançant jusque sur la place de la Bastille, une vieille voiture à galerie, attelée d'un cheval étique et conduite par un cocher encore plus décrépit. Jacques donna l'adresse : 495, rue de l'Université, et le fiacre se mit lentement en route, avec un bruit de ferraille et de vitres secouées,

La cuisinière de M. Nardin, seule domestique qui lui restât depuis que le valet de chambre avait rejoint son régiment, vint lui ouvrir ; Jacques entra et fut introduit auprès du savant.

Celui-ci, au bruit que fit en s'ouvrant la porte de son bureau, se détourna et se leva, stupéfait, à la vue de Jacques.

— Vous ? Blessé ? cria-t-il en accourant vers lui.

— Peu de chose, répondit Jacques ; voyez, je marche et suis valide ; j'accours pour répondre à votre appel et à l'ordre du ministre. Voulez-vous me permettre, d'abord, de m'acquitter d'une mission bien douce dont m'a chargé Mlle Madeleine ?

— Vous l'avez vue ?

— Oui, il y a quelques heures, à Dijon !

La voix du savant se mouilla de larmes.

— La pauvre enfant ! murmura-t-il. Comment va-t-elle ? Ne se fatigue-t-elle pas trop ? N'a-t-elle pas perdu sa bonne mine ?

— Point, répondit Jacques, elle remplit vaillamment ses fonctions admirables d'infirmière. Quant à son habileté, j'en sais quelque chose ! Ces pansements que vous voyez en sont la preuve : j'ai eu le bonheur d'être soigné par elle et, je vous le répète, elle m'a chargé d'une mission auprès de vous.

— Vraiment ? Dites vite.

Jacques hésitait.

— Laissez-moi d'abord vous exprimer ma gratitude, Monsieur, balbutia-t-il. Vous avez bien voulu me permettre d'espérer qu'un jour je deviendrais votre gendre ; Mlle Madeleine est ma fiancée..... et ce serment solennel qui nous engage irrévocablement l'un à l'autre et que nous avions formulé par lettre, nous l'avons scellé d'un premier baiser, et, pour que vous participiez d'une façon plus intime à notre bonheur, ma fiancée m'a prié de vous embrasser, vous aussi, de sa part !

Ce fut au tour de M. Nardin d'être ému. Il ouvrit les bras, et Jacques, confus et ravi, l'embrassa dans un élan de gratitude.

— Mon cher enfant, lui dit enfin le vieillard, vous me voyez heureux et fier de penser que bientôt vous serez le mari de ma fille tant aimée. Pendant tout votre séjour à Paris, vous habiterez ici, chez moi ; votre appartement est prêt ; mais d'abord, parlons de vous qui êtes blessé.

Et Jacques se mit à lui parler de la campagne, de la marche en avant, du combat de Himmelsleben et de la résistance opiniâtre qu'avaient opposée les Allemands retranchés dans le village. Il raconta sa blessure, son évacuation sur Dijon, et là, surtout, son émouvante rencontre avec Mlle Madeleine.

M. Nardin écoutait avec joie ; il se complaisait à entendre ce récit de la bouche du jeune homme vaillant qui revenait des champs de bataille. Un frisson patriotique l'agitait à l'idée que son interlocuteur était un témoin, un artisan des luttes engagées pour la patrie ; ce blessé lui apparaissait plus digne encore d'aspirer à la main de sa fille, et il le contemplait avec une sorte de vénération.

Cependant, son récit terminé, Jacques s'était tu ; il y eut, dans le bureau qu'envahissait l'ombre du crépuscule, un moment de silence ; enfin, M. Nardin prit la parole :

— Tout est pour le mieux ! Et maintenant, ce qu'il importe de faire au plus tôt, c'est de voir le ministre de la Guerre qui vous attend. Je vais immédiatement lui téléphoner pour solliciter une audience qu'il ne sera sûrement pas long à nous accorder, car mes expériences l'ont prodigieusement surpris, et il lui tarde, m'a-t-il dit, de voir entrer ces essais dans la pratique. Voulez-vous me permettre ?

Et, se dirigeant vers le téléphone installé dans un coin de la pièce, il demanda le ministère.

— Allô ! allô !..... Ah ! c'est Monsieur le Chef de Cabinet ?..... Charmé, Monsieur ! C'est M. Nardin qui vous cause ; le lieutenant Lauderet est ici..... oui, chez moi ; M. le ministre m'avait demandé de le prévenir dès son arrivée. Savez-vous quand il pourra nous recevoir ?..... Bon ! C'est cela, veuillez le lui demander ; nous demeurons à sa disposition.

M. Nardin raccrocha l'appareil et revint vers Jacques.

— Le ministre est occupé, dit-il ; il est certain que, dans les circonstances actuelles, ses fonctions ne sont pas une sinécure. Néanmoins, j'ai des raisons de croire que sa réponse ne tardera pas à nous parvenir. En attendant, je vais, si vous le voulez bien, vous mettre au courant de ce qui s'est passé depuis la déclaration de guerre.

Et pendant que Jacques, enfoncé dans un fauteuil confortable, s'abandonnait à l'engourdissement causé par le bien-être, après tant de fatigues, M. Nardin lui résuma ce qu'il savait des hostilités.

C'était à peu près ce que le jeune homme avait appris à diverses occasions. Nancy fut occupée par les Allemands deux jours après la déclaration de guerre ; l'ennemi avait tenté sur ce point un très gros effort, désireux de frapper un grand coup dès le début, et escomptant le retentissement de l'affaire et la démoralisation où elle devait nous jeter. Ils avaient donc concentré vers Avricourt et Château-Salins de nombreuses troupes de couverture, et les nôtres, éparpillées tout le long de la frontière, n'avaient pu soutenir le choc. L'opération était habile, car l'ennemi s'appuyait sur Metz au Nord et sur Colmar au Sud pour assurer sa protection. Par bonheur pour nous, les trois ponts de la voie ferrée si importants de Cologne, Coblentz et Mayence avaient sauté dans la même journée, nul ne savait encore comment, et les troupes attendues en Lorraine pour renforcer la garnison de Metz et préparer les colonnes d'invasion en France n'étaient pas arrivées à temps ; nos armées avaient pris l'offensive, et Metz se trouvait investi. Sans doute, on ne pouvait encore parler d'un siège en règle, le cercle d'investissement ayant un développement de près de 80 kilomètres, mais la capitale lorraine était isolée du reste de l'Allemagne et nos troupes avaient déjà victorieusement repoussé plusieurs contre-attaques. Au Sud, depuis l'affaire de Himmelsleben, notre armée, maîtresse de la rive du Rhin, avait dû s'arrêter pour attendre des renforts ; mais notre position était excellente ; au centre, l'on envisageait déjà l'évacuation de Nancy.

M. Nardin racontait cela rapidement, désireux qu'il était d'aborder la question de ses expériences. Jacques, de son côté, brûlant du même désir, finissait par écouter distraitement.

Aussi fut-il tout joyeux quand le savant lui dit :

— Savez-vous bien, mon cher enfant, que je vous suis doublement redevable des résultats que j'ai obtenus dans mes essais devant le ministre ?

— Doublement ? A moi ?

— Mais oui, vous allez voir pourquoi. Quand la guerre éclata, ma première pensée fut pour vous. Je savais que, étant officier de réserve, vous alliez partir sans retard ; ensuite je pensai à Madeleine qui, elle aussi, allait servir la patrie comme infirmière. Et alors, je me suis fait la remarque qu'il serait extraordinaire que moi seul je ne fasse rien, tandis que ceux qui me sont chers se dévouaient à une cause sacrée. J'ai cherché comment un homme de mon âge pouvait se rendre utile : après avoir consacré ma vie entière à l'étude de l'électricité, ne pouvais-je pas espérer tirer parti de cette science pour contribuer à la défense de la patrie ? Et, pour la deuxième fois, j'ai pensé à vous ; je me suis souvenu de votre bateau automobile et de vos projets ; j'ai voulu, comme vous en aviez eu l'idée, équiper des torpilles avec des appareils de votre invention. Pour réaliser mon plan, il fallait provoquer à distance l'explosion de l'engin par l'onde électrique ; ce fut un trait de lumière : puisque j'étais sûr, d'après vos expériences, de pouvoir agir à distance sur une torpille par un courant envoyé sans fil, pourquoi, par ce même procédé, n'arriverais-je pas à faire exploser n'importe quelles munitions ? Et si je parvenais à détruire dans leurs cartouchières et dans leurs caissons les projectiles de l'ennemi, n'aurions-nous pas un résultat merveilleux ? Ne voyez-vous pas les Allemands décimés par leurs propres cartouches ? J'ai jugé ce problème encore plus intéressant que celui des torpilles, et je me suis mis à la besogne. Comme je vous l'ai écrit, c'est l'extra-courant de rupture que je fais agir, mais le dispositif pratique reste à perfectionner. J'ai pensé, pour envoyer le courant électrique, me servir d'un miroir parabolique. Comme vous le savez fort bien, les rayons émanant du point qu'on appelle le foyer forment, après réflexion sur la surface concave du miroir, un faisceau qui chemine rigoureusement parallèle, et demeure remarquablement puissant, même après un long trajet. Ce sont ces miroirs paraboliques que l'on emploie pour rendre visibles au loin, pendant la nuit, les petites lumières des disques de chemin de fer ; c'est encore à eux qu'on a recours pour les projecteurs dont se servent nos cuirassés pour fouiller, au moyen d'un faisceau lumineux intense, la mer et déjouer les attaques des torpilleurs.

Le courant électrique se propageant comme la lumière, nous pouvons espérer le guider comme elle, en le concentrant au moyen d'un miroir, à la condition, toutefois, que ce miroir soit parfaitement parabolique et n'absorbe aucun rayon, c'est-à-dire ne conduise pas l'électricité. Il faut que ce miroir soit en verre, et c'est là l'obstacle qui m'arrête ! Tous les fours de verrerie sont éteints et, de plus, pour tailler un miroir, il faut plusieurs mois ! Aussi, après avoir construit moi-même un appareil assez primitif, mais pourtant suffisamment précis, puisque j'ai pu réaliser des expériences caractéristiques devant le ministre, j'ai obtenu que vous reveniez. Vous avez l'esprit mieux tourné que le mien vers les choses pratiques ; je ne suis qu'un vieux théoricien, moi ; vous aurez plus vite résolu la question.

Jacques allait répondre pour protester modestement contre les éloges que lui prodiguait M. Nardin, quand un coup de sonnette retentit : la cuisinière parut portant un pli qu'un planton du ministère venait d'apporter ; le savant en prit connaissance.

— Je m'en doutais, dit-il ; le ministre nous attend demain matin, à 8 heures ; nous allons pouvoir, en attendant, préparer nos documents, et puis, j'y pense, vous devez être brisé par votre long voyage ; allons dîner, après quoi vous pourrez vous reposer. Avez-vous besoin qu'on refasse votre pansement ?

— C'est inutile, cher Monsieur, répondit Jacques ; je vous remercie. Mlle Madeleine l'a remonté avec tant d'adresse que je puis facilement le garder jusqu'à demain.

Et tous deux entrèrent dans la salle à manger.

II

Le lendemain, à 8 heures précises, Jacques, accompagné de M. Nardin, se présentait aux bureaux du ministère, dans la rue Saint-Dominique. Ils furent immédiatement introduits ; le ministre eut un mouvement de surprise en apercevant Jacques, et, se levant, vint à lui, la main cordialement tendue :

— Vous avez donc été blessé, lieutenant Lauderet ?

— Oui, Monsieur le Ministre, à l'affaire de Himmelsleben ; blessures légères, d'ailleurs, et qui ne m'ont pas empêché d'obéir à vos ordres.

— Je vous félicite d'avoir si bien servi le pays, répondit le ministre, et de vouloir encore mieux faire. J'aurai l'occasion de vous revoir à ce sujet, car vous êtes le premier témoin de cette victoire que j'aie l'occasion de questionner. Donc, nous en reparlerons ; pour le moment, allons au plus pressé, car les minutes sont précieuses, en temps de guerre. Voyons ! j'ai assisté aux expériences si remarquables de M. Nardin ; à vous, m'a-t-il dit, revient tout le mérite de ces travaux, et vous êtes tout désigné pour les poursuivre. Ne m'interrompez pas ! C'est entendu ; vous êtes modeste et vous voulez vous effacer devant l'illustre personnalité d'un membre de l'Institut. Mais, actuellement, une imperfection dans votre dispositif, m'a dit M. Nardin, limite singulièrement votre champ d'action ; il faut pourtant rendre vos expériences possibles aux distances de combat, c'est-à-dire à 3 000 mètres au moins. Songez, en outre, que si vous arriviez à mieux faire, si vous pouviez atteindre la portée des canons de siège, vous nous rendriez service, non seulement sur les champs de bataille, mais encore dans l'investissement de Metz dont le blocus ne peut être resserré comme nous le voudrions à cause des feux des forts. C'est là le point qu'il serait important d'atteindre. Le retentissement qu'aurait la reddition d'une place forte comme Metz hâterait la conclusion de la paix. Je désire donc que vos expériences soient reprises immédiatement et poursuivies avec la plus grande activité. Je vous faciliterai de toutes mes forces ; dites-moi de quoi vous avez besoin.

— Monsieur le Ministre, il nous faudrait, d'abord, les appareils qui sont restés à Pont-sur-Goule, chez moi ; avant d'en construire d'autres, il est bon que nous mettions au point ceux dont nous disposons. Si nos expériences doivent aboutir au résultat que vous voulez bien espérer avec nous, les appareils existants n'auront probablement pas besoin de grandes modifications pour être utilisés.

— D'ailleurs, Monsieur le Ministre, déclara M. Nardin, d'après les premières idées que nous avons échangées avec le lieutenant Lauderet, je prévois que nos recherches vont surtout viser à obtenir de bons miroirs, ce qui est difficile.

— Enfin, Messieurs, répondit le ministre, je vous le répète, ne reculez devant aucun sacrifice pour résoudre ce problème. Je vais vous faire donner un ordre de réquisition qui vous permettra de faire exécuter où vous le jugerez utile tous les appareils que vous voudrez. Pour vous, lieutenant, il importe que vous alliez immédiatement chez vous pour ramener à Paris le matériel dont vous avez besoin. Pour gagner du temps, je vais mettre une auto à votre disposition ; quant à vos appareils, sont-ils lourds, volumineux ?

— Monsieur le Ministre, répondit Jacques, s'il vous est possible de me faire suivre par un camion automobile un peu rapide, je m'engage à être de retour à Paris ce soir. Parmi les véhicules de réquisition, on doit facilement trouver des voitures de livraison des grands magasins ; l'une d'elles fera parfaitement l'affaire. En outre, comme je ne puis me servir de ma main gauche, voudriez-vous me faire accompagner par deux électriciens ? Ils démonteront et chargeront les appareils. Pont-sur-Goule est à 200 kilomètres de Paris ; il est 9 heures ; si nous nous hâtons, nous pouvons être de retour ce soir.

— Faites donc ainsi, répondit le ministre, je vais donner les ordres voulus. Et maintenant, Messieurs, continua-t-il en appuyant sur un timbre, je vous souhaite bonne chance et prompte réussite.

Un capitaine d'état-major entra. Le ministre lui dicta brièvement ses instructions et congédia les visiteurs, qui furent, en attendant le départ de Jacques, s'asseoir dans un bureau du ministère.

— Ces miroirs paraboliques vont nous retarder, déclara M. Nardin à Jacques quand ils furent seuls ; il faudra trop de temps pour en tailler un !

— Quel malheur si nous devions échouer ! répondit Jacques. Espérons et cherchons ; je vais réfléchir pendant le trajet ; et peut-être apporterai-je ce soir une solution.

Ils continuèrent à causer pendant longtemps ; enfin, un planton vint les prévenir que l'auto était arrivée. Jacques prit congé de M. Nardin et s'installa dans la limousine qui l'attendait devant la porte. Sur le trottoir, deux soldats du génie s'approchèrent de lui et le saluèrent : c'étaient les deux électriciens promis par le ministre. Jacques les interrogea brièvement :

— Où avez-vous travaillé, avant la guerre ?

— Mon lieutenant, répondit l'un des deux hommes, nous étions aux ateliers du Métropolitain.

— Bon ! L'un de vous est aussi chauffeur ?

— Moi, mon lieutenant !

— Eh bien ! en route pour Pont-sur-Goule ! L'auto pour le transport des appareils nous suivra-t-elle ?

— Oui, mon lieutenant, mais elle ira moins vite que nous !

— Qu'importe, dit Jacques, nous préparerons tout avant son arrivée.

Et l'auto démarra rapidement dans la direction de la porte d'Orléans. Pendant qu'il filait sur la route à peu près déserte, Jacques, se souciant peu de contempler le paysage, s'absorba dans ses réflexions.

Ces fameux miroirs le tracassaient ; le reste n'était rien, M. Nardin ayant entièrement mis au point les appareils, mais les miroirs restaient à fabriquer. Il les fallait parfaits, puisque de leur perfection devait dépendre la portée du faisceau, et par conséquent son efficacité à de grandes distances. Le problème à résoudre était l'inverse de celui dont le télescope est l'application. Dans cet appareil, les rayons lumineux émis par les astres, c'est-à-dire venant de points infiniment éloignés, sont reçus sur le miroir parabolique qui forme le fond du télescope. Ce miroir réfléchit tous ces rayons qui sont rigoureusement parallèles et les fait converger en un point mathématique que l'on appelle le foyer. Il se produit, en ce point, une image infiniment petite, mais extrêmement éclairée que l'on observe au moyen d'une lentille grossissante. Mais, que le miroir présente la moindre imperfection, et aussitôt l'image se brouille, manque de netteté parce que certains rayons ne sont pas réfléchis au foyer, comme les autres. Eh bien, Jacques cherchait la solution inverse : la source d'émission de ses ondes électriques étant placée juste au foyer du miroir, il fallait que le faisceau réfléchi fût absolument parallèle, le moindre défaut du miroir ayant pour effet de disperser des rayons, de les envoyer hors du champ d'action du reste du faisceau, et, par conséquent, d'atténuer, d'annuler presque l'intensité sur laquelle on pouvait compter.

Et Jacques cherchait vainement. A la fin, gagné par le découragement qui peu à peu l'envahissait, il se dit :

— Il faut que ce miroir soit trop parfait ! Jamais nous n'aboutirons en temps voulu dans ce travail si minutieux ! Et encore ! Avec les procédés connus, aurons-nous une perfection suffisante ?

Il se tut pour réfléchir encore :

— Voyons, voyons ! reprit-il au bout d'un moment ; puisque nous voulons un miroir théoriquement parfait, pourquoi ne pas chercher, pour le faire, un moyen théorique ? Comment donc peut-on former une parabole ?

Et Jacques se remit à chercher avec acharnement.

Soudain, il eut un cri de triomphe :

— J'ai trouvé ! s'écria-t-il ; le problème est résolu ! Nous aurons nos miroirs, Dieu soit loué !

Et, tout joyeux, il regarda complaisamment le paysage.

L'auto roulait toujours à toute vitesse, grimpant les côtes à l'allure folle de ses quarante chevaux, et le chauffeur, avec une maîtrise parfaite, ne ralentissait ni aux virages ni aux descentes Le ministre l'avait dit : en temps de guerre, les minutes sont précieuses.

Et Jacques, en reconnaissant les villages, les collines, se laissait bercer par la trépidation de la voiture, dans le fracas du moteur qui chantait sa plainte monotone, tandis que le petit fanion tricolore du ministère claquait éperdument dans le vent produit par la vitesse.

Enfin, l'allure se modéra, la voiture franchit le passage à niveau qui coupe la voie ferrée quelques centaines de mètres avant la gare de Pont-sur-Goule, et elle s'engagea dans les rues calmes de la petite ville. Les femmes, en entendant le ronflement de l'auto, se mettaient sur le pas de leur porte ; ceux qui reconnaissaient Jacques saluaient, surpris de le revoir; mais l'auto filait toujours et, dépassant les dernières maisons, roula vers la gorge de la Goule où se trouve l'usine.

L'arrivée dans la cour, devant les maisons ouvrières, attira du monde. Jacques, en descendant de voiture, reconnut les femmes et les mères de ses ouvriers ; les unes s'avançaient, craintives et avides de nouvelles, espérant que le jeune homme saurait ce qu'était devenu celui qu'elles attendaient ; d'autres, en deuil, demeuraient à l'écart, pleurant à l'idée du sacrifice qu'elles avaient dû faire à la patrie d'un fils ou d'un mari..... Les vieux arrivèrent aussi ; le contremaître à qui Jacques avait laissé la garde de l'usine accourut, suffoqué par l'émotion ; Lauderet lui serra la main ; chacun questionnait, s'inquiétait de ses blessures.

Lui, cependant, ne perdait pas son temps. Suivi du contremaître et des deux électriciens, il pénétra dans l'usine dont le silence l'impressionna, tant il était accoutumé, depuis de longues années, à vivre dans le frémissement et l'activité des machines, et se dirigea vers son laboratoire où l'on se mit à démonter et à emballer les pièces sous sa surveillance.

Pendant ce travail, il questionnait le contremaître sur le sort de ses ouvriers partis pour la guerre :

— Qu'est devenu Pacqué ?

— Il a, dernièrement, donné de ses nouvelles ; il fait partie des troupes qui assiègent Metz.

— Et Bourlat ?

— Tué à Colmar !

— Le malheureux ! Il laisse une veuve, n'est-ce pas ?

— Avec deux enfants tout petits, Monsieur !

— Les pauvres gens ! Et Marcillet ?

— Prisonnier à Ingolstadt; sa femme a reçu de lui une lettre, avant-hier.

— Et Feneyrol ?

— Il est à Pont-sur-Goule, Monsieur, amputé de la jambe droite !

— Comment ? demanda Jacques étonné.

— Oui, Monsieur. Dès qu'on a pu le transporter, on l'a ramené à l'hôpital, avec pas mal d'autres blessés. Il a obtenu la médaille militaire.

— Ah ! le brave garçon ! s'écria l'ingénieur ; j'irai le voir avant de partir.

— Et vous lui ferez plaisir, Monsieur ; il paraît qu'il a tant souffert !

Et Lauderet posait toujours des questions sans cesser de diriger la manœuvre des électriciens. Quand ils eurent terminé, laissant à l'un d'eux et au contremaître le soin de charger toutes ces pièces dans le fourgon, dès son arrivée, il se fit conduire dans l'automobile à l'hôpital de Pont-sur-Goule, après avoir donné l'ordre de venir l'y prendre quand le chargement serait terminé.

Devant la porte, se forma, dès qu'il eut pénétré dans l'établissement, un groupe de curieux, femmes et enfants. Dans la salle où le conduisit l'infirmière, la femme de Feneyrol était assise près du lit où gisait son mari. En voyant Jacques blessé, elle se leva, surprise, et un sourire triste erra sur ses lèvres. Mais Lauderet ne put maîtriser son émotion ; il s'avança vers l'ouvrier et lui prit la main :

— Mon pauvre ami ! lui dit-il.

Feneyrol, à la vue de son patron, voulut essayer de se soulever, mais Jacques l'arrêta :

— Non, non, ne bougez pas !

Le blessé, plus ému encore que l'ingénieur, ne pouvait parler ; les mots s'arrêtaient dans la gorge et sa main serrait en tremblant celle du jeune homme.

Alors, Jacques avisant la médaille militaire épinglée à la tête du lit :

— Je vous félicite, Feneyrol, dit-il ; vous pouvez être fier de votre médaille ; vous l'avez, certes, bien gagnée !

— Oui, répondit l'ouvrier d'un air triste ; mais j'ai une jambe de moins !

— C'est vrai ; mais il vaut mieux laisser une jambe à la guerre que d'y laisser la vie !

— Mes pauvres enfants, ma pauvre femme, gémit Feneyrol ; que vont devenir les miens, maintenant que je ne pourrai plus travailler ?

— Ne vous inquiétez donc pas à leur sujet, mon brave ! La France ne peut pas oublier ceux qui ont souffert pour elle, et moi-même, croyez-vous que je pourrais vous abandonner, maintenant ? Dans l'usine, nous formons une grande famille dans laquelle le devoir du chef est de soulager l'infortune de chacun. Songez au malheur plus grand qui aurait pu frapper votre femme et vos enfants si vous aviez été tué ! Voyez chez Bourlat ! chez Champier ! chez tant d'autres !

— Oui, c'est bien triste, mais le malheur des uns ne fait pas le bonheur des autres, Monsieur ; que voulez-vous que je devienne, avec une jambe de bois ?

Jacques s'énervait en voyant Feneyrol constamment buté dans son idée fixe, et, d'ailleurs, bien excusable. A tout hasard, il essaya de détourner la conversation.

— Racontez-moi donc, mon ami, dans quelles circonstances vous avez été blessé ?

L'ouvrier eut un geste vague qui pouvait signifier : « Que vous importe ? »

Cependant, il n'osa pas refuser ce récit et commença :

— C'est arrivé quand nous marchions sur Colmar. J'étais dans une patrouille, et nous avancions en flanc-garde, explorant les haies, les chemins. Nous ouvrions l'œil, allez, Monsieur, car nous sentions bien que l'ennemi n'était pas loin ! A un moment donné, nous débouchâmes sur une route ; prudemment, nous regardions à gauche et à droite, mais voilà que, de derrière un buisson part un coup de feu, puis un second ; mon voisin lâche son fusil, tourne sur lui-même et s'abat comme une masse sur le revers du fossé ; il avait une balle dans la tête ! Que faire ? Nous restions six en tout, et nous ignorions le nombre des ennemis. Devions-nous tourner le dos et nous sauver ? Ma foi, Monsieur, l'idée ne m'en vint pas, ni aux autres non plus, il faut le croire, car nous voilà tous les six qui nous mettons à courir dans la direction de la haie, baïonnette en avant ! En arrivant sur la broussaille, nous n'étions plus que quatre..... mais notre faiblesse même nous rendait audacieux ! Je me trouve nez à nez avec un gaillard aux cheveux roux, à la moustache épaisse, et qui me visait, presque à bout portant ! Je n'avais pas l'embarras du choix n'est-ce pas ? L'escrime à la baïonnette a du bon, et je l'avais assez pratiquée au régiment ; d'un coup de revers, j'écartai le canon de son fusil, et je lançai mon Lebel en avant, de toutes mes forces. Ma baïonnette entra dans la poitrine du Prussien qui tomba lourdement à la renverse en poussant un soupir. Je n'avais pas frémi quand je sentais ma lame trouer la peau de mon homme ; mon arme avait trop de force et ce fut trop vite fait ; mais, vrai, Monsieur, quand je vis ce grand corps allongé par terre, inerte, le sang aux lèvres, quand je retirai ma baïonnette toute rouge de la blessure que je venais de faire, alors, je vous l'avoue, ça m'a fait une drôle d'impression! Je ne pouvais pas en croire mes yeux! L'examen ne dura pas long, bien sûr, mais enfin, une seconde d'hésitation et d'horreur. Cependant, autour de moi, la fusillade continuait ; une autre patrouille accourait à notre secours ; on entendait des cavaliers qui galopaient sur la route, et nos Allemands, qui n'étaient guère plus nombreux que nous, battaient en retraite sans cesser de tirer. A ce moment, pendant que je rechargeais mon arme, une balle vint me frapper au genou ; je sentis une vive douleur et mon sang ruissela tout le long de ma jambe ; je tombai, vaincu par la souffrance, mes forces m'abandonnèrent, et je ne fis plus attention ni à la fusillade, ni à rien.....

Plusieurs heures après, des brancardiers arrivèrent et l'on m'emporta d'abord à l'ambulance, ensuite dans un hôpital. Là, ce ne fut pas long ! Le médecin qui vit ma blessure hocha la tête et dit : « Rien à faire ! La rotule est brisée, le fémur est cassé ! Il faut amputer ! » Ah ! Monsieur, quel effet me produisirent ces paroles ! J'aurais préféré savoir que j'allais mourir ! Et pourtant, je souffrais bien ! Je me mis à pleurer comme un enfant !

Tout en parlant, Feneyrol avait peu à peu secoué son découragement, et son entrain était revenu ; il était heureux de raconter les circonstances de sa blessure et les péripéties de la lutte où il s'était si bravement comporté. Cependant, à la pensée de l'ambulance et de l'hôpital, sa voix était devenue tremblante et avait de nouveau perdu sa gaieté ; une larme vint rouler sur sa joue, tandis que sa femme sanglotait, effondrée sur une chaise. Jacques, gagné de même par l'émotion, se taisait, et sa main tremblait dans celle du blessé.

Feneyrol, d'une voix mal assurée, continua :

— Le lendemain, quand je m'éveillai, la tête bourdonnant encore sous l'effet du chloroforme, je n'avais plus ma jambe ! On m'a gardé plusieurs jours, et moi, je demandais sans cesse à être ramené ici ! A la fin, les médecins se sont décidés à m'évacuer sur l'hôpital de Pont-sur-Goule, comme je le désirais. Ici, du moins, ma femme peut venir me voir et me soigner, mes enfants aussi ; et puis, je connais du monde. Ah ! il en est venu depuis que je suis arrivé ! Ils veulent tous connaître mon histoire !

— C'est que chacun, dit Jacques heureux de saisir cette occasion, désire tenir de la bouche même de celui qui s'est si bravement conduit le détail d'un beau fait d'armes. Tous désirent vous serrer la main, et vous ont, j'en suis sûr, adressé leurs félicitations pour cette glorieuse médaille que voilà.

— Oui, bien vrai ! répondit-il avec un éclair de fierté dans le regard ; tous m'ont félicité !

— Vous vous souviendrez toute votre vie, voyez-vous, Feneyrol, de cet hommage que vous ont rendu vos camarades, et qu'ils ne manqueront pas de vous rendre encore. Vous avez courageusement souffert pour la patrie, cela suffit pour vous assurer à jamais le respect et l'admiration de tous les braves gens. Et puis, vous pouvez bien vous dire ceci : votre jambe, vous ne l'avez pas donnée aux Prussiens, vous la leur avez fait payer, et assez cher, n'est-ce pas ?

— Ça, oui, c'est vrai ! dit Feneyrol égayé. Si le soldat que j'ai si proprement embroché était encore vivant, il serait de notre avis ; par malheur pour lui, le pauvre garçon ne peut pas dire ce qu'il pense, vu que je l'ai expédié dans l'autre monde !

Jacques demeura quelques instants encore auprès de

Feneyrol, et lui raconta l'histoire de sa propre blessure. Quand on vint le prévenir que le fourgon était arrivé, il prit congé de l'ouvrier et de sa femme, en leur adressant encore des paroles réconfortantes, et vint reprendre sa place dans l'auto qui partit à toute vitesse vers Paris, pendant que les habitants de Pont-sur-Goule restaient stupéfaits d'un voyage si rapide et si incompréhensible.

Jacques, cependant, brûlait d'une vraie fièvre ; certain, maintenant, de réussir à construire rapidement ses miroirs, il lui tardait d'en prévenir M. Nardin. Aussi, à peine eut-il donné ses ordres aux électriciens, en arrivant à Paris, qu'il se hâta de rejoindre son maître, et lui cria, dès qu'il l'aperçut :

— Nous aurons nos miroirs !

M. Nardin le regarda, surpris. Jacques l'entraîna dans le bureau pour lui expliquer son idée.

— Vous avez bien eu connaissance, n'est-ce pas, de l'essai fait, il y a deux ans, d'un télescope nouveau dont le miroir, au lieu d'être en verre rectifié et argenté, consistait en un bain de mercure. Tous les liquides possèdent cette propriété que, soumis à une rotation rapide autour de l'axe du récipient qui les contient, ils tendent, sous l'effet de la force centrifuge, à s'élever le long des parois du vase, tandis que le centre se creuse. La figure d'équilibre est une parabole dont la courbure est d'autant plus prononcée que la vitesse est grande, puisque le liquide s'élève davantage contre les parois quand la vitesse augmente. Eh bien, ce que l'on a réalisé avec le mercure, nous allons essayer de le réaliser avec du verre fondu !

— J'ai compris ! s'écria M. Nardin ; vous allez couler du verre fondu dans un récipient métallique actionné d'un mouvement rapide, et vous laisserez refroidir le tout pendant que continuera cette rotation que vous aurez imprimée au récipient ! Vous laisserez à la force centrifuge, incapable de se tromper, le soin de tailler elle-même votre miroir !

— C'est cela, répondit Jacques, voilà mon idée ! Je crois que nous pouvons nous mettre à l'œuvre !

— Oui, répliqua M. Nardin ; il s'agit seulement de trouver une verrerie capable de nous fournir la matière.

— Je ne sais si ce sera facile, répondit Jacques, car, avec la guerre, toutes nos industries sont paralysées. Mais, munis de votre ordre de réquisition, nous arriverons au but !

— A l'ouvrage ! déclara M. Nardin.

— A l'ouvrage ! répéta Jacques ; je vais vous demander la permission de me retirer pour combiner le dispositif à adopter, et, dès demain matin, nous nous mettrons en campagne pour réaliser nos projets !

Ils se quittèrent ; Jacques s'en fut dans la pièce que M. Nardin lui avait aménagée en bureau. Longtemps il crayonna, établit des croquis, aligna des chiffres. Puis, à une heure avancée de la nuit, heureux d'avoir terminé sa tâche, il se mit à écrire à Madeleine. Il mit, dans cette lettre, tout son cœur, toutes ses espérances, tout son amour. Ensuite, il s'endormit en serrant sur ses lèvres sa petite médaille de Notre-Dame des Armées.

III

Laissant M. Nardin déballer et remonter, avec l'aide des électriciens, les appareils qu'il avait apportés, la veille, de Pont-sur-Goule, Jacques, dès le matin, prit une auto pour visiter les verreries de la capitale et de la banlieue. Hélas ! partout les fours étaient éteints, le personnel dispersé. Devant l'ordre de réquisition que montrait Jacques, on répondait invariablement :

— Nous consentons, avec les ouvriers que vous pourrez nous fournir, à mettre un four en marche, mais il faudra quinze jours, au moins, avant d'avoir du verre ; nos fours, disloqués par la mise hors feu, doivent d'abord être reconstruits.

C'était la vérité ; Jacques s'éloignait, furieux, devant son impuissance. Dans un atelier, pourtant, il reçut cette réponse :

— Allez donc chez M. Michel, à Saint-Mandé ; c'est un maître verrier qui possède, paraît-il, un petit four dont il se sert pour des essais. Si l'on doit remettre un four en route, celui-là sera plus facile à chauffer.

Jacques se fit conduire à l'adresse indiquée. Il y trouva un petit vieillard à la barbe blanche, au regard vif : c'était M. Michel ; il lui exposa le but de sa visite.

— Cher Monsieur, lui déclara le maître verrier, vous n'aviez pas besoin de me parler de réquisition ; du moment qu'il s'agit d'expériences commandées par le ministre de la Guerre, mon concours vous est entièrement acquis. Comme on vous l'a dit, j'ai un four d'essais qui peut se chauffer au chalumeau d'acétylène. Rien de plus facile que de le mettre en route ; c'est l'affaire de quelques heures. Quant au dispositif que vous voulez y adapter, voyez vous-même.

Il conduisit Jacques dans l'atelier désert où les grands fours, arrêtés et froids, montraient, lamentables, leurs portes de chargement noirâtres et disjointes. Le jeune ingénieur ne pouvait s'empêcher de songer à son usine de Pont-sur-Goule dont la tristesse et le silence l'avaient si vivement frappé la veille.

Au fond de la halle de la verrerie, M. Michel ouvrit une porte, et ils entrèrent dans un laboratoire admirablement installé. Jacques aperçut, sous une hotte de maçonnerie, le petit massif de briques que le maître verrier lui dit être le four d'essais.

Lauderet l'examina, prit des mesures, crayonna, de sa main valide, des notes sur un calepin ; puis, il prit congé de M. Michel en disant :

— Voilà qui fera mon affaire ! Je vais aller chercher le matériel indispensable, et, aussitôt, je reviendrai.

Il se fit ensuite conduire aux ateliers de la Guerre, à Puteaux.

Là, on travaillait ferme ! Nuit et jour, des ouvriers réparaient des canons, des caissons, des fusils. Le fracas de l'usine dominait joyeusement les bruits d'alentour, scandé, de temps en temps, par les coups sourds du marteau-pilon.

Jacques alla trouver le colonel qui commandait les ateliers, et lui donna les croquis des pièces dont il avait besoin. Il fit faire une boîte cylindrique, en tôle forte, rivée soigneusement sur un fond également métallique. Cette boîte fut fixée au bout d'une tige de fer rond sur laquelle Jacques ordonna de monter une petite poulie à gorge. Grâce aux instructions du ministre, l'appareil fut prêt en trois heures, tant était grand l'empressement des ouvriers. Lauderet s'assura du parfait équilibrage de l'ensemble qui pouvait tourner dans deux supports. Il se munit d'un petit moteur électrique sur l'arbre duquel on assujettit une poulie d'assez grand diamètre. Dès que ces préparatifs furent terminés, Jacques revint rapidement à Saint-Mandé. M. Michel lui avait trouvé un vieil ouvrier qu'il employait d'habitude pour les réparations des maçonneries des fourneaux à verre. Immédiatement, ils commencèrent l'installation du four d'essais.

La sole, c'est-à-dire la cuvette où devait se vitrifier la matière, fut enlevée et remplacée par la boîte que Jacques avait fait faire. L'arbre qui la portait traversa le massif de briques qui supportait le four, et dans lequel il fut fixé par les deux supports qui devaient permettre la rotation de l'ensemble.

Sur le plancher fut maintenu par quatre tire-fonds le moteur électrique et l'on tendit une corde de cuir entre la poulie de l'arbre et celle de la dynamo. Jacques s'assura que tout fonctionnait bien, régla la vitesse du moteur en le branchant sur le circuit, et, satisfait de son installation, dit à M. Michel :

— Nous allons, aujourd'hui, laisser sécher tous ces scellements et ces maçonneries ; demain, nous pourrons procéder à l'essai.

Quand il revint au logis de M. Nardin, le savant n'était pas chez lui, et modifiait l'appareil ramené la veille ; il était au champ de manœuvres des Moulineaux.

C'est là que Jacques, en effet, le trouva, près de la porte de Grenelle, où il disposait d'un hangar pour son matériel. Avec l'aide des électriciens, il montait ses appareils, perfectionnés encore depuis les premiers essais devant le ministre.

— Nous sommes prêts, dit M. Nardin ; quand nous aurons un miroir, nous pourrons opérer.

— Demain ? questionna le savant.

— Demain soir, je pense vous en apporter un, répondit Jacques, tout joyeux.

Jacques le mit au courant de ce qu'il avait fait.

— Si le miroir est bon, comme je veux l'espérer, dit M. Nardin, je me fais fort de provoquer une explosion à l'autre extrémité du champ de manœuvres, à 1 000 mètres d'ici. Ensuite, si nous aboutissons, nous recommencerons en choisissant un but plus éloigné, et si, enfin, le succès couronne ce deuxième essai, nous pouvons nous estimer heureux et marcher sans crainte.

Le jour suivant, dès son réveil, Jacques courut à Saint-Mandé.

M. Michel avait eu la précaution de chauffer le four à feu très doux pour en activer le séchage, et de préparer la matière qui lui semblait la plus convenable pour être vitrifiée.

Le jeune homme, une fois de plus, s'assura de la bonne marche du moteur, puis il emplit à moitié le récipient avec le mélange de sables dosé par M. Michel. Ensuite, on alluma le chalumeau d'acétylène.

Le cœur de Jacques battait bien fort d'impatience et d'émotion, car il se disait que chaque minute de retard c'étaient, peut-être, des morts de braves soldats à déplorer que la réussite de l'expérience pourrait éviter.

A travers l'étroit orifice ménagé dans la maçonnerie du four, derrière un verre rouge qui atténuait l'éclat de la flamme ardente, Lauderet suivait attentivement l'élévation de température. La masse, d'abord sombre, prit insensiblement une coloration rougeâtre, puis, sous l'effet du puissant jet de feu, cette teinte s'éclaircit : du rouge cerise, elle devint rouge vif, puis rouge blanc, et enfin blanc éblouissant. En même temps, Jacques voyait toutes les parties grenues contenues dans la boîte de tôle se fondre, disparaître et s'incorporer en un liquide incandescent que ridait seulement le souffle impétueux du chalumeau.

Alors, l'œil toujours près de la plaque de verre rouge, Jacques, haletant, commanda :

— En route !

M. Michel manœuvra la manette, et lança le courant électrique dans le petit moteur ; il accéléra peu à peu l'allure, pendant qu'hypnotisé dans son poste d'observation, Jacques se crispait en voyant la masse éblouissante et fluide se mettre en mouvement. Bientôt, le moteur eut pris sa vitesse ; son ronflement vint se mêler au sifflement des gaz du chalumeau. L'ingénieur vit alors la masse liquide, entraînée dans une rotation vertigineuse, se creuser, et la fameuse parabole tant désirée se dessina nettement au sein du four.

— Eh bien ? demanda M. Michel avec anxiété.

— Regardez, répondit Jacques d'une voix qu'étranglait l'émotion.

Le vieux maître verrier s'approcha du verre rouge et fit un geste d'admiration.

Jacques, cependant, surveillait avec soin la marche du phénomène. Quand il jugea que la masse entière était vitrifiée :

— Éteignez le chalumeau, dit-il, il faut maintenant laisser refroidir sans interrompre la rotation.

Alors, pendant trois longues heures — trois siècles pour Jacques, — le moteur ne cessa de ronfler en entraînant, dans sa course folle, la masse de verre.

Le jeune homme vit le miroir repasser par la gamme des teintes de plus en plus foncées. Puis on put ouvrir les portes du four et enfin saisir le précieux miroir, à la vue duquel le maître verrier lui-même ne put cacher son admiration. Jacques ne pouvait contenir sa joie et ne cessait de promener sa main sur cette surface mathématiquement courbée, telle qu'il l'avait désirée ; on eût dit qu'il la caressait.

Il détacha de son pied la boîte de tôle qui contenait le miroir de verre et, sautant dans l'auto, s'en fut chez M. Nardin.

Quand celui-ci vit le résultat obtenu par Jacques, il ne put s'empêcher de l'embrasser, et, dans son impatience d'essayer l'appareil, lui dit :

— Recevez toutes mes félicitations ! Et maintenant que nous sommes munis, vite, allons au champ de manœuvres !

En route, ils passèrent aux Invalides où, dans les bureaux de la place, les attendait l'équipe de soldats mise à leur disposition, avec les munitions qui devaient servir à l'expérience. Tous ensemble se dirigèrent vers la porte de Grenelle ; le hangar abritant les appareils était tout près de là.

— Avec une hâte fébrile, M. Nardin régla lui-même le miroir sur le bâti du projecteur. Les soldats allèrent déposer vers le fond du champ de manœuvres une cartouchière garnie. Quand ils se furent retirés, l'expérience commença. Par la lunette placée sur l'appareil et bien parallèle à l'axe de la parabole, M. Nardin visait la cartouchière, pendant que Jacques, déplaçant par le jeu de vis de réglage le point d'émission des ondes, cherchait le foyer du miroir.

Soudain, après quelques tâtonnements pendant lesquels les deux savants passèrent par mille angoisses, une légère détonation retentit, amortie par la distance. La cartouchière en lambeaux fut projetée en l'air : la poudre avait explosé! Des cris de joie s'élevèrent parmi les spectateurs, tandis que, pâle d'émotion, les lèvres serrées, les yeux agrandis par la fièvre, Jacques se relevait.

M. Nardin, cependant, plus maître que le jeune homme de ses sentiments, lui dit :

— Il serait prudent de recommencer, pour affirmer notre résultat, et, pour gagner du temps, nous pourrions répéter l'expérience sur une plus grande distance. Voyons, il faudrait mettre la cartouchière en un point aisément visible de loin. Bon! Nous pouvons installer nos appareils au Mont-Valérien : de là, nous aurons assez d'horizon. Dans un rayon de trois ou quatre kilomètres autour du fort, que pouvons-nous trouver comme point aisément reconnaissable ? Tenez! Voilà notre affaire! En avant du pont de Neuilly, vous mettrez la cartouchière sur la berge de la Seine, en un endroit d'où le fort soit visible ; vous laisserez deux soldats dans les environs pour écarter les curieux et vous viendrez me rejoindre.

M. Nardin, pour se fixer, avait tiré de sa poche un plan de Paris et reconnut les lieux à mesure qu'il parlait. Quand il eut fini, il referma son plan et donna des instructions au soldat artificier qui tenait la cartouchière destinée à la nouvelle expérience.

— N'oubliez pas, lui dit-il, de mettre un sachet de poudre noire de manière qu'il explose avec le reste. Et maintenant, nous pouvons partir. Je fais, expliqua-t-il à Jacques, mettre un sachet de poudre noire sur la cartouchière, car il est certain qu'à la distance où nous serons nous n'entendrons pas l'explosion ; alors, à la lunette, nous pourrons voir le flocon de fumée produite par l'explosion du sachet.

Ils se séparèrent ; l'équipe avait chargé tous les appareils sur un camion automobile. M. Nardin, alerte comme un jeune homme, monta lestement sur le siège et s'assit près du chauffeur, qui partit rapidement dans la direction de Suresnes. Pendant ce temps, dans une auto, Jacques et ses deux artificiers filaient, par le viaduc du Point-du-Jour et le Bois de Boulogne désert, vers le pont de Neuilly. Le jeune homme installa son pétard sur la berge, après s'être assuré que l'endroit était visible du fort, puis il remonta dans l'auto et rejoignit M. Nardin. Quand il arriva, l'équipe achevait de monter l'appareil. Le savant demanda :

— Voulez-vous m'indiquer à peu près l'endroit où se trouve l'objectif ? Je vais tâcher de provoquer l'explosion en déplaçant le faisceau moi-même.

Jacques donna l'indication. M. Nardin se mit à la lunette et déplaça le miroir redoutable en modifiant la position de l'appareil. Jacques, la jumelle aux yeux, examinait fiévreusement la position où il avait placé les matières explosives. Le vieillard opérait toujours et l'ingénieur s'impatientait.

Enfin Jacques vit surgir une petite volute de fumée blanche !

— Ça y est ! s'écriat-il, la cartouchière a sauté !

Autour d'eux, les soldats se regardaient, n'osant comprendre quel bouleversement cette découverte allait amener dans la pratique de la guerre.

— C'est merveilleux ! disait M. Nardin. Nous sommes bien à quatre mille mètres du pont de Neuilly ; c'est mieux que ce que nous demandait le ministre ! Nous pouvons aller maintenant le prévenir de nos succès !

Et, laissant à l'équipe le soin de ramener les appareils au champ de manœuvres des Moulineaux, ils revinrent au ministère annoncer leur victoire, présage de celles qu'ils désiraient de toute leur âme pour la France.

IV

Après avoir vu le ministre, Jacques alla, comme chaque soir, faire renouveler ses pansements avant de rentrer chez M. Nardin. Le médecin de l'hôpital l'examina.

— Il est inutile que vous gardiez plus longtemps le bras en écharpe, lui dit-il ; évitez de trop le fatiguer, de trop le laisser inerte, mais je ne vous impose plus l'immobilité complète pour ce bras. Vos blessures à la tête vont bien mieux aussi, je pense pouvoir vous enlever tous vos bandages dans deux ou trois jours.

Jacques, tout joyeux, regagna la rue de l'Université. Rentré chez lui, il écrivit à Madeleine pour lui raconter les résultats si réconfortants de la journée et lui donner des nouvelles. Puis, quand il eut longuement épanché la tendresse qui remplissait son cœur, il voulut prendre du repos, en attendant le lendemain. Mais il ne put dormir. La fièvre du succès le brûlait, et il attendait impatiemment le matin pour accompagner le ministre de la Guerre à Satory, où les expériences officielles devaient avoir lieu. Dans l'audience qu'ils avaient eue, le soir, en revenant du Mont-Valérien, le ministre avait manifesté toute sa satisfaction et avait voulu dès le lendemain assister aux essais.

Aussi ce fut avec un réel soulagement à son impatience que Jacques entendit ronfler devant la porte le moteur de l'auto qui devait les emmener. M. Nardin, aussi heureux que le jeune homme, était prêt depuis longtemps. L'auto rapide fila vers le plateau de Satory, où ils retrouvèrent le camion qui avait apporté le projecteur. Bientôt après arrivèrent le ministre et les membres de la Commission d'expériences ; M. Nardin leur expliqua les détails et le fonctionnement de l'appareil. Ensuite les expériences commencèrent et, comme la veille, eurent un succès complet. Les officiers présents étaient émerveillés et le ministre félicita vivement le maître et le disciple :

— Eh bien, Messieurs, dit-il, il importe qu'immédiatement nous munissions nos troupes de ces admirables projecteurs. La construction n'en est pas longue, m'avez-vous dit ; néanmoins, je désire que l'un de vous parte au plus tôt avec le projecteur que nous venons d'expérimenter, pendant que l'autre surveillera lui-même, à Paris, la fabrication et la mise au point des nouveaux appareils. M. Nardin, ajouta-t-il, puisque vous avez bien voulu, avec un patriotisme dont je vous félicite, mettre votre science au service de la France, je vous confie la mission de contrôler la construction de nos projecteurs. Quant à vous, lieutenant Lauderet, vos blessures vous permettent-elles de repartir pour le théâtre de la guerre ?

— A vos ordres, Monsieur le ministre ; je suis prêt!

— Parfait! Organisez-vous donc en conséquence. Pouvez-vous me dire comment vous comprenez la manœuvre de votre appareil sur un champ de bataille ?

— Je vois, répondit Jacques, deux façons de l'utiliser : il nous faut une force motrice pour produire le courant électrique. Nous pourrons donc équiper une voiture automobile en prenant la commande de la dynamo sur l'arbre même du moteur, avant le débrayage. De la sorte, que l'auto soit en marche ou arrêtée, le moteur pourra rendre le service que nous attendons de lui. La voiture ainsi équipée demanderait deux hommes ; l'un d'eux sera le chauffeur, l'autre manœuvrera l'appareil ; je serai ce dernier, si vous le voulez bien.

Jacques vit tout autour de lui des visages anxieux ; il devina que chacun des officiers présents brûlait du désir de l'accompagner, mais le ministre répondit :

— Votre affectation au poste que vous indiquez est toute naturelle, lieutenant ; quant à l'officier que je compte vous adjoindre, je ferai la désignation en rentrant à Paris.

Jacques continua :

— Je vous ai parlé, Monsieur le Ministre, d'une deuxième manière d'utiliser le projecteur : ce serait de le monter sur un aéroplane. Le poids de l'appareil est minime et un avion pourrait facilement l'emporter en plus de deux hommes. Accoupler la dynamo sur l'arbre du moteur est chose simple, et certainement une reconnaissance aérienne avec le projecteur pourrait rendre les plus grands services.

— Vous avez raison, répondit le ministre. Sitôt qu'un deuxième appareil sera prêt, nous l'installerons à bord de l'un des monoplans dont s'achèvent précisément les essais. En attendant, vous pouvez vous occuper sans retard de la mise en place du projecteur dans l'auto que vous conduirez à l'armée de Metz le plus tôt possible. Lieutenant Lauderet, vous allez vous rendre aux ateliers de Puteaux ; votre ordre de réquisition vous permettra de choisir parmi les véhicules qui y sont remisés celui qui vous plaira ; aménagez-le sans tarder et prévenez-moi de la date où vous pourrez partir.

— Deux jours, je pense, seront suffisants, Monsieur le ministre, pour procéder à l'installation du projecteur.

— Soit, hâtez-vous ; les minutes sont précieuses, je vous l'ai déjà dit.

La Commission se dispersa. M. Nardin revint avec le ministre, Jacques partit avec l'appareil pour Puteaux. Il y trouva sans peine la voiture voulue, et l'aménagement commença. Quand il vit le personnel au travail, quand il eut bien expliqué à l'officier chargé de l'atelier ce qu'il fallait faire, il revint au logis de M. Nardin.

La domestique qui vint lui ouvrir l'accueillit avec un petit sourire mystérieux, mais Lauderet, tout préoccupé de la tâche entreprise, n'y prit pas garde. Cependant, il fut surpris en entendant parler dans le salon ; son cœur bondit : il venait de reconnaître une voix bien chère, la voix de sa fiancée. Il entra vivement dans la pièce et trouva Madeleine, en effet, en tenue de voyage, qui souriait doucement de sa surprise ; auprès d'elle, M. Nardin était assis, heureux d'avoir retrouvé sa fille.

— Vous ? Ici ! s'exclama le jeune homme en accourant vers elle.

— Moi-même, Jacques !

— Quel bonheur ! Mais comment ? Pourquoi êtes-vous venue ?

— Je viens me reposer, répondit Madeleine. Le travail est bien pénible, là-bas, et les dévouements spontanés sont nombreux ; aussi, le médecin chef de service a-t-il décidé que, à tour de rôle, nous pourrions venir prendre chez nous huit jours de repos.

— Quel bonheur! répéta Jacques radieux.

Il contempla sa fiancée avec ravissement et seulement alors remarqua son visage fatigué, ses yeux battus et gonflés par les veilles nombreuses, l'amaigrissement de tout cet être charmant lassé par la rude existence à laquelle la pauvre jeune fille n'était pas habituée, par un travail au-dessus de ses forces. Jacques, effrayé maintenant, s'en voulait de n'avoir pas, dès son entrée dans le salon, remarqué tout cela ; sa surprise, son bonheur en retrouvant Madeleine et aussi la demi-obscurité de la pièce l'avaient empêché d'y faire attention. Mais il s'alarmait en la contemplant, et ses traits reflétèrent une douloureuse inquiétude. Elle surprit son regard et voulut le rassurer :

— Vous me voyez toute chiffonnée par le trajet en wagon ; je n'ai pas encore eu le temps de mettre un peu d'ordre dans ma toilette, dit-elle en s'efforçant de sourire, mais une bonne nuit, et toute trace du voyage et de la fatigue aura disparu.

Jacques aurait bien voulu rester auprès de sa fiancée. Il aurait désiré, dans la clairvoyante sollicitude qu'il éprouvait pour elle, lui murmurer la tristesse de son cœur et l'inquiétude qu'il ressentait. Disait-elle la vérité en accusant le voyage seul d'avoir altéré ces traits si chers ? Ne voulait-elle pas calmer les alarmes de son père et de son fiancé en prétextant que seule l'abondance du personnel avait décidé le médecin à accorder du repos à ses infirmières? N'était-elle pas malade?

Cependant, M. Nardin, tout à la joie de revoir sa fille, parlait à Madeleine de leurs expériences, et Jacques, songeant aux ordres du ministre et désespérant de pouvoir exposer à sa fiancée ses angoisses, remit à plus tard ce souci et prit part à la conversation, sans cesser d'épier le gracieux visage.

Il fallait se hâter pour les projecteurs. De même que Jacques, le lendemain matin, devait trouver à Puteaux l'officier désigné par le ministre pour l'accompagner, de même deux officiers électriciens devaient venir se mettre à la disposition de M. Nardin pour participer à la construction des vingt appareils commandée par le ministre. Les ateliers de Puteaux fourniraient les ouvriers pour la fabrication des pièces. Restaient les miroirs ; Jacques s'en fut à Saint-Mandé les commander à M. Michel.

Le jeune homme n'eut pas besoin de faire longtemps appel au patriotisme du maître verrier. Dès les premiers mots, le vieillard s'offrit à couler lui-même les vingt miroirs dans le délai fixé, et Jacques n'eut qu'à lui faire remettre par les ateliers de la Guerre les boîtes de tôle qui devaient les contenir.

Quand il eut réglé ces diverses questions, vite, il revint à la rue de l'Université.

Pendant son absence, les deux officiers désignés par le ministre étaient arrivés, et M. Nardin, dans son bureau, leur expliquait le projecteur et fixait avec eux les détails de la construction.

Jacques fut heureux à l'idée de pouvoir causer avec Madeleine hors de la présence de son père. Très ému, il entra dans le salon. Sa fiancée s'était assoupie dans le fauteuil où il l'avait laissée quelques heures avant. Au bruit qu'il fit en entrant, elle se réveilla, l'aperçut et se mit à sourire :

— Bonjour, Jacques, dit-elle, avez-vous fait une bonne promenade?

Le jeune homme s'approcha d'elle, et, lui saisissant la main, lui demanda d'une voix suppliante :

— Madeleine, ma chère Madeleine, je vous en supplie, dites-moi la vérité.

Sa prière était si pressante, ses yeux exprimaient tant de douleur et d'inquiétude, que la jeune fille répondit :

— Qu'avez-vous donc, Jacques? Que pouvez-vous croire? Je ne suis pas malade!

— Oh! Madeleine, vous vous trahissez malgré tout, répondit Lauderet avec douleur. Vous avez deviné que j'étais affolé par cette idée et vous en convenez! Ayez pitié de moi, dites-moi pourquoi vous êtes revenue.

La jeune fille parut hésiter, puis, se décidant tout à coup, elle dit, d'une voix nette qui contrastait avec son attitude lassée :

— Eh bien, je ne veux pas vous tromper, Jacques, ce ne serait pas digne ; j'ai pu éviter à mon père un aveu qui l'alarmerait ; à vous, je dirai la vérité. Oui, j'ai été malade ; après votre passage à Dijon, j'ai dû m'aliter, car j'étais exténuée.

Là-bas, que voulez-vous, on n'a pas le temps de se reposer ; l'infirmerie était toujours pleine et les infirmières sont surmenées ; aussi, après m'être laissé soigner pendant quelques jours, j'ai pu, dès que je m'en suis senti la force, décider le médecin-major à me laisser reprendre le chemin de Paris. Au fond, je crois qu'il était enchanté de me donner cette autorisation, car, malgré tout son désir de m'entourer de soins, il a bien compris que je serais mieux chez moi que dans cette gare de Dijon envahie jour et nuit. D'ailleurs, rassurez-vous, Jacques. Je vous dis la vérité, je souffre seulement de lassitude ; déjà quelques jours de repos à Dijon m'ont rendu suffisamment de forces pour me permettre de supporter le voyage de Paris ; de même, j'en suis sûre, un séjour auprès de vous et de mon père achèvera de me rétablir.

— Auprès de nous ? répéta Jacques avec tristesse ; votre père, sans doute, va rester à Paris, mais moi ! N'oubliez pas, Madeleine, que je dois partir pour Metz dès que je le pourrai.

— Partir ? Encore aller vous battre ? gémit la jeune fille. Mon Dieu ! Mais vos blessures ?

— Mes blessures sont presque guéries ; demain, je pense pouvoir supprimer le bandage qui m'étreint le front ; quant à mon bras, voyez, je puis bien remuer la main, le docteur me permet de m'en servir !

La jeune fille ne répondit pas, mais Jacques vit deux larmes rouler sur ses joues. Alors un violent combat se livra dans son âme. Ne pouvait-il pas retarder de quelques jours son départ pour la Lorraine ? L'auto serait-elle prête aussi tôt qu'il l'avait fait espérer au ministre ? N'aurait-il pas besoin de procéder à de nouvelles expériences pour mettre son compagnon au courant de la manœuvre ? Cela demanderait un jour ou deux, peut-être davantage, et alors l'état de santé de Madeleine, qui influait en ce moment d'une façon si déprimante sur son moral, se serait amélioré ; la jeune fille comprendrait mieux et, en consentant au départ de son fiancé, le sacrifice que lui demandait la patrie ne lui apparaîtrait plus comme inacceptable. Jacques se releva lentement et recommanda dans son cœur le sort de sa fiancée et le sien à Notre-Dame des Armées.

À ce moment, on entendit s'ouvrir la porte du bureau de M. Nardin, et le vieillard entra dans le salon, précédé par les deux capitaines qu'il introduisit. Les deux officiers saluèrent Madeleine et vinrent serrer la main de Jacques, qu'ils avaient vu le matin à Satory.

— Il est heureux, lieutenant, que vous soyez bientôt prêt à partir, dit l'un des deux capitaines, et nous voudrions bien vous suivre.

— Surtout en ce moment! répondit l'autre.

— Pourquoi donc, en ce moment? demanda Jacques étonné.

— Comment! vous ignorez la nouvelle? apprenez donc que notre armée vient d'éprouver un grave échec; les Allemands de Nancy sont parvenus à forcer le blocus de Metz. Les Français ont été repoussés jusque vers Saint-Mihiel et Verdun!

— Oh! s'écria douloureusement Jacques en regardant Madeleine.

Mais, à son tour, celle-ci s'était levée.

— Partez, partez vite, Jacques! dit-elle avec force.

Puis elle ajouta tout bas :

— J'étais folle! Pardon! Il faut partir : pour Dieu et pour la France!

Elle retomba dans son fauteuil et fondit en larmes.

<h2 style="text-align:center">V</h2>

L'auto filait à toute vitesse sur la grande route de Verdun. Grâce à l'activité des ouvriers de Puteaux, grâce à l'intelligent concours du lieutenant Varlet, désigné pour accompagner Jacques, le projecteur avait été prêt douze heures plus tôt que ne le comptait le ministre. Immédiatement après avoir pris congé de Madeleine et de son père, Landeret s'était mis en route, dans la nuit, pour Verdun, où il devait se mettre à la disposition du général commandant la première armée. Dans l'auto qui l'emportait, il y avait, outre Varlet, deux sapeurs électriciens pour les aider à la manœuvre.

Dans les premières blancheurs de l'aube, ils traversèrent Sainte-Menehould et, continuant leur course endiablée, se

rapprochèrent du quartier général. Mais plus ils allaient, plus il
leur fallait ralentir l'allure ; la route était encombrée par les
troupes, et Jacques revit les longs convois comme il en avait
déjà vu en Alsace. Les chevaux, dételés et attachés à des
piquets ou simplement aux roues des voitures, dormaient en
allongeant le cou ; étendus sur les coffres ou sur les revers des
fossés, les hommes semblaient anéantis dans leur sommeil.
On devinait une troupe harassée par la fatigue et n'ayant pas
eu le temps ou la force de prendre des dispositions pour bivoua-
quer. Enfin, à 5 heures, l'auto stoppa devant l'hôtel où logeait
le commandant en chef. Admis immédiatement en sa présence,
Jacques lui remit le pli du ministre qui définissait sa mission.

— Vraiment ? demanda le général après avoir lu la lettre,
vous avez réussi de si merveilleuses expériences ?

— Oui, mon général, répondit Jacques.

— Je vous félicite, lieutenant, et j'espère ne pas tarder à
vous mettre à l'épreuve. Vous savez que notre blocus de Metz
a été entamé et que nous allons tenter de le reformer. Nos
troupes se concentrent aujourd'hui pour diriger une attaque
aussi vive que possible contre Pont-à-Mousson, que les Alle-
mant, avant-hier, nous ont enlevé, rétablissant ainsi leurs com-
munications entre Metz et Nancy. C'est donc une vraie bataille
qui va s'engager, et vous aurez sûrement l'occasion de nous
rendre service. En attendant, Messieurs, vous pouvez vous
reposer ; après le rapide voyage que vous venez de faire, vous
avez ce droit, d'autant plus qu'en campagne il faut dormir
quand on le peut et qu'on en a le temps.

Le général les congédia et monta lui-même, avec deux officiers d'ordonnance, dans une auto qui s'éloigna.

Munis de leur billet de logement, Lauderet et Varlet allèrent
à l'hôtel, où ils ne tardèrent pas à s'endormir. Quelques heures
plus tard, ils étaient réveillés par des coups violents frappés à
la porte :

— Mon lieutenant! Mon lieutenant! criait l'un des sapeurs,
le général vous attend à Chambley, au plus vite!

En un clin d'œil, les deux jeunes gens furent sur pied. Le
temps de jeter un regard sur la carte pour reconnaître leur

chemin, et leur auto démarra à une allure folle. Ils roulaient depuis près d'une heure parmi les troupes qui se massaient de plus en plus denses, quand une chose énorme se profila dans le ciel bleu ; en même temps, Jacques remarqua le geste des soldats menaçant le monstrueux engin, en épaulant leur fusil dans sa direction.

C'était un interminable fuseau portant deux nacelles ; Jacques reconnut un *Zeppelin*. Varlet, en l'apercevant, arrêta l'auto ; l'immense dirigeable venait vers eux, et sa masse démesurée, sans sveltesse, alourdie encore par les courts empennages fixés à ses extrémités, apparaissait dans l'air comme une sorte de bête fantastique. On voyait éclater tout autour du formidable ballon les obus que nos canons ne cessaient de diriger vers lui. Mais le *Zeppelin*, dans sa course rapide à une grande altitude, semblait narguer la mitraille impuissante ; par contre, on entendait fréquemment les explosions des bombes que les passagers laissaient tomber sur nos soldats.

Le regard de Jacques croisa celui de Varlet ; les jeunes gens se comprirent :

— Pourquoi pas ? dit Lauderet.

— Essayons toujours, répondit Varlet.

Aussitôt le moteur fut embrayé sur la dynamo et le projecteur dirigé vers le ballon. Celui-ci, poursuivant sa route onduleuse pour dérouter les pointeurs, évoluait toujours, semant la mort dans les rangs de notre armée. Jacques, nerveux, l'œil collé à la lunette, manœuvrait avec une sorte de rage les deux vis qui permettaient de déplacer le faisceau électrique ; devant son impuissance à atteindre le but, il poussait des exclamations sourdes et grognait de désespoir.

Soudain, dans l'une des nacelles, on aperçut une gerbe lumineuse, puis l'enveloppe du ballon vola en lambeaux, en même temps que jaillit une immense colonne de flammes provoquée par la combustion de l'hydrogène qui gonflait les ballonnets. L'immense carcasse métallique se tordit, se déforma pendant que tous ces débris venaient, dans une chute vertigineuse, s'abîmer sur le sol. Varlet, ivre de joie, agitait son képi, criait : « Bravo! » tandis que les soldats voisins du projecteur regardaient curieusement cet étrange appareil qui venait de provoquer la destruction de l'énorme dirigeable.

— Et maintenant, à Chambley! s'écria Jacques. Il nous faut rejoindre le général et lui rendre compte de ce que nous venons de faire!

Et l'auto fila de nouveau sur la grande route.

Quand ils retrouvèrent le commandant en chef, celui-ci semblait les attendre avec impatience.

— Enfin! s'écria-t-il, je commençais à croire qu'il vous était arrivé malheur. Avez-vous eu une panne?

— Mon général, répondit Jacques, notre voyage s'est très bien effectué, mais nous avons cru bien faire en perdant quelques minutes en route pour débarrasser l'armée d'un ennemi redoutable.

— Que voulez-vous dire? demanda le général. Les Allemands n'ont pu ni nous tourner ni nous attaquer par le flanc?

— Eux, non, mais leur Zeppelin...

— Ah ! oui, reprit le général, dont le front se rembrunit ; je l'ai vu passer tout à l'heure. Ces engins-là sont terribles!

— Vous n'avez plus à le craindre, mon général, nous l'avons détruit !

— Vous? Détruit? Avec votre projecteur?

— Oui. Nous avons provoqué une étincelle, soit dans les projectiles qu'ils nous jetaient de là-haut, soit dans les réservoirs ou tuyauteries contenant l'essence. D'où l'explosion qui s'est communiquée aux ballonnets eux-mêmes. Le Zeppelin n'existe plus!

— Messieurs, dit le général ému, je vous remercie ; vous venez de rendre un grand service à la France et à l'armée! Je vous ai fait venir auprès de moi, continua-t-il sans transition, pour que vous puissiez dès ce soir prendre vos dispositions en vue de la journée de demain. D'abord, un renseignement : quelle est la portée pratique de votre projecteur?

— Mon général, répondit Jacques, nous l'avons expérimenté à Satory, aux plus grandes distances de tir, c'est-à-dire à huit mille mètres environ.

— Et vous avez obtenu des résultats?

— Parfaitement nets et concluants, oui, mon général.

— Eh bien, vous allez me suivre jusqu'au village de Mionville. Nous y serons au centre de l'action que je compte engager demain matin, dès l'aube. Nous allons nous y transporter ce soir et vous pourrez vous y installer dans la position qui vous paraîtra la meilleure. Vous agirez selon votre propre initiative ; je me réserve seulement de vous indiquer, au cours de l'action, les objectifs que vous devrez plus spécialement viser, c'est-à-dire les plus gênants pour nous. Vous resterez donc constamment en liaison avec moi ; d'ailleurs, rappelez-vous une chose, Messieurs, c'est que je vous interdis de vous exposer ou d'exposer votre projecteur. Songez que vous deux, seuls, en connaissez la manœuvre et qu'il serait de mauvaise tactique, en voulant trop bien agir, de vous faire mettre hors de combat. Je compte donc sur votre prudence : pour vous, le patriotisme consiste à vous tenir à l'abri.

Et le général regagna son auto, qui fila dans la direction de Mionville, suivie par le projecteur. Vers 4 heures du soir, ils arrivèrent au village, tout encombré par les soldats et les convois. Immédiatement, Jacques et Varlet, laissant l'appareil à la garde de deux sapeurs, se mirent en quête d'une bonne position. Ils parcoururent les environs sans découvrir un seul point d'où la vue soit assez étendue ; ils questionnèrent les paysans, gravirent les légères ondulations du terrain, espérant toujours apercevoir le champ de bataille ; ce fut en vain.

Quand les deux lieutenants rentrèrent, à l'heure du dîner, navrés du résultat négatif de leurs recherches, on pouvait deviner leur dépit et leur désespoir.

— C'est impossible, déclara finalement Jacques, nous ne pouvons pas rester à nous tourner les pouces pendant que nos camarades vont se battre! Venez-vous, Varlet? Nous allons encore chercher!

Ils sortirent de nouveau dans les rues du village et arrivèrent à la petite place sur laquelle se dressait l'église.

C'était un sanctuaire bien modeste, mais doublement vénérable par sa destination et son ancienneté. De la masse écrasée du corps de bâtiment surgissait un clocher dont les formes massives montaient dans le ciel embrasé des lueurs du couchant.

Jacques saisit le bras de Varlet.

— Là-haut, dit-il, nous serons bien!

Varlet, ahuri, le regarda :

— Vous ne voulez pourtant pas monter notre auto dans le clocher?

— L'auto, non, mais bien le projecteur! Rien de plus facile que de le séparer du châssis de la voiture. La dynamo restera où elle est ; il suffit de deux fils pour nous raccorder. Nous avons suffisamment de câble conducteur dans le coffre pour cela ; donc, la chose est possible. Pour l'appareil, il n'est pas bien lourd à monter : c'est un poids de cinquante kilos que nos deux soldats pourront facilement transporter, pour peu que l'escalier du clocher ne soit pas trop étroit. S'il nous était impossible de l'introduire par là, nous aurions toujours la ressource de le hisser avec des câbles, par dehors, jusqu'à l'une des baies qui entourent le beffroi, et puisqu'il nous faut rester en liaison avec le commandant en chef, nous pourrons, en lui faisant connaître le poste que nous avons choisi, lui demander à nous relier à son quartier général par une ligne téléphonique ; c'est une installation facile et vite faite.

— Allons, à l'œuvre! déclara Varlet. Assurons-nous d'abord de l'escalier et de la vue qu'on peut avoir de là-haut!

Ils entrèrent dans l'église. Mêlés à quelques femmes du village, des soldats, des officiers priaient près de l'autel. Le sacristain venait de regarnir la lampe du sanctuaire qui se balançait lentement ; Jacques aborda le bonhomme.

— Donnez-nous la clé du clocher, lui dit-il rapidement.

Le vieux le regarda d'un œil vague et parut hésiter.

— Vite, vite, répondit Jacques, c'est pour une affaire de service!

L'homme obéit, et Lauderet, suivi de Varlet, courut à la porte qu'indiquait le sacristain.

Ils s'engagèrent dans un escalier obscur, éclairé seulement par quelques meurtrières où les dernières lueurs du jour laissaient à peine passer leur clarté. Les marches tournaient en colimaçon dans le vieux clocher ; enfin, le jour reparut, et les deux lieutenants ne purent retenir un cri joyeux en prenant pied sur la terrasse du beffroi. Autour d'eux, à perte de vue, s'étendait en molles ondulations la campagne lorraine. Ils devinaient, au loin, le cours de la Moselle qui serpentait entre les coteaux ; ils en pouvaient suivre les sinuosités jusque là-bas, dans le Nord-Est, vers ce point noyé dans la brume où, dans la clarté du crépuscule, leur cœur de Français cherchait Metz.

A leurs pieds, tout autour de Mionville, s'élevaient les fumées de nos bivouacs. On voyait partout s'agiter la masse de nos troupes au cantonnement, et, par intervalles, la brise leur apportait, par rafales, des cris, des appels et des rires. Enfin, là, tout près, les maisons du village, comme écrasées à leurs pieds, semblaient se grouper, se tasser autour de l'église comme autour d'un protecteur. Ils voyaient, sur la place, les gens minuscules, rapetissés par la perspective, leur auto gardée par les deux soldats du génie, les officiers qui rentraient chez eux, les dévotes qui sortaient de l'église, les chiens qui jappaient au passage des cavaliers. Une rumeur confuse montait de cette foule.

Jacques admirait avec émotion cet immense panorama dans lequel demain, peut-être, allait se jouer une partie tragique et décisive entre deux peuples. Il se rappelait que peu de jours avant il avait, en chassant l'ennemi devant lui, traversé ces provinces dont rien, depuis une séparation de près d'un demi-siècle, n'avait pu altérer l'attachement à la mère-patrie. Il voyait, du haut de son observatoire, ce sol de la Lorraine que, dans un admirable élan de patriotisme, les Français voulaient reconquérir, et Jacques renouvelait mentalement, en présence de cette terre sacrée, son serment de bien servir son pays et de contribuer de toutes ses forces au triomphe de nos armes.

Accoudé sur la balustrade, près de Varlet qui s'absorbait dans les mêmes pensées viriles, Jacques fut tiré de sa rêverie par un bruit qui lui parut formidable ; l'horloge de l'église sonnait 8 heures ; la cloche, placée juste derrière eux, retentissait sous les coups assourdissants du marteau. L'édifice tout entier parut tressaillir, et Jacques crut percevoir le frisson de la terre lorraine, frisson d'espoir et de victoire.

Les deux lieutenants, étourdis, se regardèrent en souriant. Quand eut retenti le dernier coup dans la vibration décroissante de la cloche qui s'éteignait lentement, Jacques, sortant de son rêve, dit à Varlet :

— Il est temps d'installer notre appareil!

Ils redescendirent à tâtons les marches usées de l'escalier, retrouvèrent en bas le sacristain qui s'impatientait, lui ordonnèrent de laisser l'église ouverte pendant la nuit et se mirent avec l'aide des deux soldats à démonter le projecteur. L'un des électriciens, un robuste gaillard, chargea l'appareil sur ses épaules et, précédé par Jacques qui l'éclairait avec un cierge, le monta dans le clocher.

Ils raccordèrent les fils qui pendirent le long de la façade de l'église jusqu'à l'auto. Jacques, dans la nuit maintenant complète, eut un dernier coup d'œil pour l'immense plaine où scintillaient quelques rares lueurs ; il regarda le village, où les lumières s'éteignaient l'une après l'autre ; puis, impressionné par le silence solennel qui régnait partout, vrai recueillement avant la mêlée qui se préparait pour le lendemain, il redescendit dans l'église. Là, seul dans le sanctuaire, pendant que Varlet allait rendre compte au général de leur installation, il fléchit le genou, baisa pieusement sa médaille et fit monter vers Dieu une prière fervente pour la France, pour M. Nardin, pour Madeleine...

VI

Dès l'aube, Jacques et Varlet, laissant sur la place, près de l'auto, les deux soldats pour actionner le moteur au moment voulu, montèrent à leur poste, dans le clocher. Quand ils arrivèrent au beffroi, l'obscurité leur masquait encore la plaine ; dans la direction de Metz, le soleil commençait à teinter de couleurs vives le ciel pur ; la journée s'annonçait superbe, mais l'air était vif. D'en bas montaient les rumeurs de l'armée se mettant en mouvement ; un groupe de cavaliers au trot traversa la place de l'église ; dans la demi-clarté, Jacques les devina plutôt qu'il ne les vit.

Cependant, le jour grandissait; on commençait à voir distinctement les longues colonnes de nos troupes s'allongeant dans les champs. Au loin, Jacques crut entendre un coup de canon : c'était une détonation légère, étouffée par la distance. La bataille commençait.

Varlet ne quittait pas sa jumelle.

— Voyez-vous quelque chose? demanda-t-il.

— Rien du tout, répondit Jacques. Le soleil nous gêne, parce que nous le regardons en face. Attendons!

En réalité, tous deux bouillaient d'impatience.

Enfin, du parc aérostatique installé près de Mionville, un monoplan s'éleva, gracieux et rapide, au-dessus des hangars.

— Ah! déclara Jacques, nous allons avoir enfin des nouvelles!

Le cœur étreint d'une patriotique angoisse, ils suivirent dans son vol superbe le grand oiseau de toile qui s'enfuyait vers l'horizon. Ils le virent évoluer là-bas, sur la Moselle, pendant que les détonations, plus nombreuses de ce côté, montraient que l'ennemi le prenait pour but.

A ce moment, un nouvel appareil monta dans le ciel, surgissant de la région brumeuse où se trouvait l'ennemi, et cet aéroplane se mit à donner la chasse au monoplan français. Mais celui-ci, sans nul doute, avait assez vu ; il fit encore une évolution, s'éleva rapidement à une grande altitude en orbes immenses, pour ne pas se laisser dominer par l'adversaire qui le suivait, et un duel angoissant s'engagea, dont l'issue devait dépendre de l'audace des pilotes et de l'excellence des appareils ; il s'agissait pour l'aéroplane français d'empêcher l'ennemi de le gagner en altitude, de manière à pouvoir, en passant à une faible distance au-dessus de lui, produire un violent remous des couches d'air et rompre ainsi son équilibre. Suivant l'expression des aviateurs, si l'aéroplane le plus élevé parvient, dans ces conditions, à gratter l'autre, la chute de ce dernier est certaine, parce que ses ailes ne peuvent plus le soutenir.

Le pilote allemand, d'ailleurs, manœuvrait pour éviter ce redoutable voisinage. Il cherchait, n'ayant pas l'espoir de survoler le monoplan français, à cause de son avance, à le pousser toujours plus haut, guettant le moment où faiblirait l'audace de l'aviateur, ou bien escomptant l'éventualié d'une panne qui mettait notre avion en fâcheuse posture. On pouvait suivre les évolutions rapides, pathétiques, des deux adversaires, violemment cahotés par les brusques changements de direction qu'ils imprimaient sans cesse à leur appareil.

Dans cette ascension formidable, l'aéroplane allemand avait manœuvré de manière à ramener le français au-dessus de nos troupes, et, sans abandonner la lutte, il semait dans nos rangs des bombes dont l'explosion sinistre retentissait à chaque instant.

Une nouvelle évolution rapprocha les deux appareils du clocher de Mionville.

— Attention, dit Jacques, à nous!

Il fit le signal aux sapeurs. Le moteur, sur la place, se mit à ronfler, pendant que, dans le trembleur de l'appareil, de petites étincelles annonçaient que le courant électrique était prêt à servir.

Les deux monoplans grandissaient à vue d'œil. Jacques, frémissant, pointa son appareil et tourna le commutateur, sans cesser de tenir l'engin meurtrier dans le champ de sa lunette. Il poussa bientôt un cri de triomphe : dans la nacelle de l'aéroplane allemand venait de se produire une formidable explosion ; l'étincelle électrique avait enflammé les bombes restant à bord, et l'aéroplane, vraie loque déchiquetée, vint s'abîmer sur le sol.

Varlet saisit le téléphone où il s'entendait appeler :

— Allô ! Allô ! lieutenant ! C'est vous qui avez démoli l'aéroplane ? Félicitations ! disait l'officier d'ordonnance à l'autre bout du fil. Le général vous fait dire qu'une forte colonne ennemie, composée surtout d'artillerie, se déplace sur l'autre rive de la Moselle en remontant le cours de la rivière, sur la route qui la suit, à cinq cents mètres de distance. Voyez-vous, sur la carte, le village de Poldau ?.... Oui ?.... Bon ! La tête de la colonne arrive à Poldau ! Tâchez de la cueillir !

— Compris! dit Varlet dans le téléphone.

Puis il redit à Lauderet l'indication qu'on venait de lui

transmettre, et, orientant leur carte, ils cherchèrent et découvrirent, dans la plaine, le village désigné.

— Ouvrons l'œil! dit Jacques en explorant le pays à la lunette.

— Je ne vois rien bouger sur la route, reprit Varlet, et pourtant on le distingue bien, ce satané chemin! Le suivez-vous? On en découvre près d'un kilomètre à partir de Poldau!

— Eh oui, répondit Jacques, on le suit jusqu'à l'endroit où il descend à la Moselle pour y rejoindre le pont. Oh! cette fois, voilà du nouveau!

En effet, en avant des dernières maisons du village, on commençait à distinguer quelques points qui pouvaient être des cavaliers.

— Attaquons-nous? demanda Varlet.

— Attendons, reprit Lauderet ; la colonne va se dérouler tranquillement sur la route, et nous pourrons alors la démolir tout à notre aise. A quelle distance sommes-nous?

— A six kilomètres environ!

— Bon, dit Jacques en riant, l'affaire est sûre, les Prussiens sont dans le lac! Voyez donc comme ils défilent bien! C'est de l'artillerie, je vois les canons! Allons, y sommes-nous? Varlet, à vous l'honneur! Je vous confie ces messieurs!

Varlet ne se le fit pas dire deux fois. Il saisit les manivelles de l'appareil et approcha son œil de la lunette.

— La méthode est simple, lui dit Jacques ; vous n'avez qu'à promener lentement le faisceau sur la colonne en marche, de manière à arroser tous ces braves gens les uns après les autres. Y êtes-vous?

— Oui, répondit Varlet d'une voix brève.

Jacques ferma le commutateur et observa de nouveau l'ennemi. Derrière lui, Varlet manœuvrait le faisceau.

On vit, en tête de la troupe ennemie, une flamme jaillir, puis l'explosion gagna les caissons suivants, qui sautèrent à leur tour, à intervalles réguliers, comme en mesure. Jacques distingua les chevaux en désordre, pendant que, sur la route, une fumée blanche produite par les obus en explosant s'étendait en nappe lourde, en descendant vers la Moselle. Quand ce fut fini, Varlet quitta l'appareil et courut au téléphone ; il rayonnait et ne pouvait guère parler, suffoqué qu'il était par l'émotion.

— Allô ! allô ! cria-t-il. Mon capitaine, prévenez le général que la colonne allemande est détruite !..... Oui, oui, tout entière ! Je vous l'affirme !..... Vous avez raison, c'est merveilleux !

Cependant, la canonnade retentissait avec rage sur d'autres points. Nos troupes essayaient de franchir la Moselle, et notre artillerie les soutenait. Landeret cherchait vainement à distinguer les batteries ennemies ; avec le temps sec et la poudre sans fumée, les coups de canon ne produisaient aucun indice capable de révéler la présence des pièces. Seuls, pouvaient guider Jacques nos obus, en éclatant dans le voisinage de l'ennemi.

Alors il eut l'idée de promener le faisceau dans les directions qu'indiquait le tir de notre artillerie.

Dans l'espace, maintenant, on voyait plusieurs aéroplanes qui tous rayonnaient autour du quartier général de Mionville pour y apporter les résultats de leurs observations ; Jacques eut bien soin d'éviter qu'ils ne vinssent dans le champ de son projecteur.

A la fin, le téléphone fonctionna de nouveau ; Landeret, qui tenait les écouteurs, entendit :

— Les aéroplanes nous annoncent que la première ligne de l'ennemi est complètement enfoncée ; nos troupes passent la Moselle sans rencontrer de résistance. Le général vous fait dire de remonter votre projecteur sur son auto et de vous porter en avant, sans cesser d'être en contact avec le quartier général.

. . . .

Le soir, quand cessa la bataille, l'armée allemande était de nouveau coupée, et ses débris se repliaient sous Metz, dont l'investissement redevenait effectif.

Le projecteur de Jacques avait, dans l'après-midi, continué dans la campagne le service merveilleux commencé le matin dans le clocher de Mionville, et son intervention redoutable en plusieurs circonstances, soit contre les ballons ou les aéro-

planes, soit contre les batteries, avait fortement contribué au
succès de la journée.

Aussi, quand le général appela Jacques devant tout l'état-
major réuni, un mouvement de sincère admiration, jointe à la
chaude sympathie qu'inspirait le jeune homme, rapprocha du
commandant en chef les officiers présents : tous devinaient et
approuvaient par avance le geste du général, qui dit à haute
voix :

— Lieutenant Lauderet, vous avez bien mérité de la France!
En vertu des pouvoirs qui me sont conférés, je vous fais che-
valier de la Légion d'honneur!

Jacques sentit un vertige lui monter à la tête, ses joues
s'empourprèrent et il faillit tomber pendant que le général
fixait le ruban rouge sur sa tunique et lui donnait l'accolade.

Aussitôt après, les officiers s'empressèrent de venir lui serrer
la main en le félicitant.

Au sein de toute sa joie, Jacques pensait au bonheur
qu'éprouverait Madeleine en apprenant cette nouvelle, et il fit
cette réflexion :

— Elle aussi m'a décoré, le jour de mon entrée en campagne ; sa médaille d'argent fut pour moi la première Légion
d'honneur. Décidément, elle a raison, Dieu et la France ne
se peuvent séparer : elle m'a décoré pour Dieu et le général
me décore pour la France.

VII

Après avoir rétabli le blocus de Metz et à la suite d'une série
d'opérations où le projecteur de Jacques avait rendu les plus
grands services, l'armée française entreprit de réduire au
silence les forts qui entourent la ville. Déjà, depuis le commencement des hostilités, nos aéroplanes les avaient sérieusement
endommagés, avec les bombes à la mélinite, qui causaient
d'énormes dégâts en tombant sur les casemates et sur les coupoles cuirassées. A leur tour, nos grosses pièces de siège étaient
entrées en ligne, et Jacques put voir à l'œuvre ces énormes
mortiers de 220 et de 270 millimètres, véritables monstres

d'acier dont on suivait aisément dans l'air le puissant projectile. Les forts allemands ripostaient avec énergie, mais sans grande efficacité, car ils n'avaient plus de moyens pour observer leurs coups. A six ou sept kilomètres de distance, il leur était impossible d'apprécier directement la précision du tir, car leurs moyens d'observation, dirigeables ou aéroplanes, avaient tous été détruits par le projecteur.

Malheureusement, cet appareil était impuissant contre les forts eux-mêmes. Les magasins à poudre étaient dissimulés sous des voûtes trop épaisses pour que l'onde électrique y pût pénétrer. Lauderet se désolait de son impuissance, et il était contraint de réserver son aide pour les sorties que faisait l'assiégé. Là, par exemple, il manœuvrait son projecteur avec un zèle infatigable ; tout homme passant dans le champ de sa lunette était infailliblement atteint par l'onde électrique, et, s'il était porteur de munitions, il était mis hors de combat, car ses cartouchières faisaient explosion. Mais pour Jacques ces occasions de se rendre utile devenaient de moins en moins fréquentes, les Allemands se dissimulaient et effectuaient leurs mouvements surtout pendant la nuit.

Environ huit jours après la victoire de Pont-à-Mousson, Lauderet se trouvait au quartier général, dans un petit village d'où l'on apercevait au loin les forts de la capitale lorraine ; il profitait de ses loisirs forcés pour écrire à Madeleine.

Soudain, sur la place, un grand fracas de moteurs se fit entendre. Le jeune homme, à ce bruit, se leva pour venir voir. Trois autos s'arrêtaient ; d'un coup d'œil, Jacques reconnut les deux premières : c'étaient les fourgons contenant un monoplan, ses agrès et l'équipe de manœuvre. Le troisième auto était une limousine, dont trois voyageurs descendirent. D'abord sortit un lieutenant de chasseurs à cheval qui s'empressa d'aider les autres voyageurs. Jacques, qui regardait en simple curieux, tressaillit soudain : la deuxième personne qui sortit de l'auto était une femme ; sous le grand cache-poussière et l'écharpe qui l'enveloppaient toute, le jeune homme crut reconnaître Madeleine.

— Mais non, se dit-il, ce n'est pas possible !

Il ne rêvait pas, c'était bien Mlle Nardin qui, avec toute la grâce alerte de ses vingt ans, sautait légèrement à terre, pendant que le troisième voyageur, M. Nardin lui-même, s'apprêtait à descendre à son tour. Jacques se précipita :

— Vous! Ici!

— Bonjour, Jacques, lui dit Madeleine d'un air espiègle, pendant que son fiancé lui baisait tendrement la main qu'elle achevait de déganter. Je vous fais une belle surprise, n'est-ce pas?

— Bonjour, Jacques, répéta du fond de l'auto M. Nardin, d'une voix de bonne humeur.

— Bonjour, cher maître, répliqua le jeune homme en aidant le grand vieillard à descendre.

Madeleine, pendant ce temps, pressait Jacques de questions :

— Comment allez-vous? Et vos blessures? N'êtes-vous pas trop éprouvé par la fatigue? Vous êtes décoré! Oui, nous avons appris cette bonne nouvelle à Paris!

Elle ajouta tout bas :

— Je vous félicite de tout mon cœur, Jacques! Votre décoration me rend heureuse et fière!

Le jeune homme, à son tour, examinait sa fiancée, redoutant de voir sur son aimable visage des traces de la fatigue qu'elle avait ressentie à Dijon. Mais non, la jeune fille avait retrouvé sa bonne mine, et le grand air, en frôlant ses joues fraîches, en accentuait l'éclat. Pour le moment, elle regardait avec un sourire de triomphe et d'amour le ruban rouge qui ornait la tunique de Jacques, pendant que M. Nardin lui disait, joyeux :

— Eh bien, nous vous étonnons, n'est-ce pas, mon enfant? Je vous raconterai dans un moment comment nous sommes ici. Laissez-nous d'abord respirer, car nous sommes un peu étourdis par ce voyage rapide en auto.

— Vous arrivez de Paris?

— D'une seule traite, oui, mon enfant, et le lieutenant Charly, que voici, nous a conduits avec une maëstria qui ne doit pas vous surprendre. Permettez-moi de vous présenter l'un à l'autre : Monsieur le lieutenant Charly, officier aviateur, continua-t-il en désignant celui qui venait de les conduire, et

qui s'approcha de Jacques, la main tendue ; le lieutenant Lauderet, mon futur gendre, dont je vous ai souvent parlé, Monsieur Charly.

— Je suis heureux de vous connaître, déclara celui-ci, et
heureux de vous féliciter pour votre admirable découverte, qui
vaut à notre armée de si éclatants succès.

— Et moi, répliqua Jacques, je suis charmé de serrer la main
d'un de nos plus hardis aviateurs.

— Maintenant que vous avez fait connaissance, dit M. Nardin, veuillez, mon cher ami, nous procurer un gîte ; quant à
vous, Monsieur Charly, vous êtes porteur pour le commandant
en chef d'instructions qu'il importe de lui remettre au plus tôt.
Je vous laisse donc à votre mission.

On se sépara. Jacques frémissait d'impatience et brûlait du
désir d'interroger M. Nardin et surtout Madeleine. Quand il
eut trouvé, dans une maison voisine, deux chambres et que les
deux voyageurs y furent installés, il vint frapper à la porte
du savant, qui sourit en le voyant entrer.

— Vous êtes intrigué, lui dit-il, en songeant que Madeleine
est venue jusqu'ici.

— Je vous l'avoue !

— J'ai pu obtenir du ministre qu'elle m'accompagne, pour
prendre du service comme infirmière à l'hôpital de Verdun ;
de la sorte, nous serons tous près les uns des autres. La chère
enfant se surmène véritablement quand elle est auprès des
blessés, et je ne suis pas fâché de pouvoir être de temps en
temps près d'elle pour modérer un peu son ardeur. Vous l'avez
vue, à son retour de Dijon? Elle était pâle, amaigrie ; on l'eût
crue malade! C'était simplement de la fatigue, et ces quelques
jours passés à Paris ont effacé toute trace de sa lassitude. Aussi,
se sentant mieux, comme elle voulait repartir pour son infirmerie, j'ai demandé au ministre ce changement, qu'elle a,
d'ailleurs, accepté de grand cœur, ajouta-t-il en souriant à
Jacques. Demain, elle rejoindra l'hôpital, et nous, nous pour-
suivrons ici la manœuvre de nos projecteurs. A ce propos, mon
cher enfant, laissez-moi vous féliciter. J'ai appris à Paris vos
succès, votre belle conduite et comment vous en avez été récom-

pensé. Le ministre m'a fait prévenir immédiatement quand il a su que vous étiez décoré.

— Oh! Monsieur, répondit Jacques, n'oubliez pas que je vous dois tout ce que je sais, tout ce que je fais ! Mais vous-même, comment êtes-vous ici? Où en est la construction des projecteurs?

— Tout est en bonne voie. Mes deux capitaines surveillent la fabrication qui s'avance, et les vingt appareils pourront bientôt entrer en service. Pour moi, j'ai terminé d'abord le projecteur que vous êtes allé chercher à Pont-sur-Boule, et je l'ai monté sur l'aéroplane du lieutenant Charly, que nous avons amené. Le ministre m'a demandé de venir au quartier général pour assister aux derniers essais de l'appareil. Dès que Charly sera revenu, nous pourrons procéder à ce travail.

Jacques, à son tour, raconta les événements des jours derniers. Il exposa son insuccès vis-à-vis des forts et la joie que lui causait l'arrivée de l'aéroplane, qui pourrait, espérait-il, lui permettre d'agir plus efficacement.

Sur ces entrefaites, Madeleine vint les rejoindre, et Lauderet, à la revoir fraîche et bien portante, éprouvait une sensation délicieuse. Au milieu de toutes les tristesses de la guerre, dans le tumulte et l'agitation, son cœur jouissait d'un calme et d'un repos charmants en se sentant si près de cette vaillante fille dont toute la personne respirait la décision, le sang-froid, le courage et la charité.

Cependant, Charly revint. Le général voulait qu'on apprêtât l'aéroplane au plus tôt, de manière à pouvoir sans tarder expérimenter l'action de ce nouveau projecteur.

Tous se rendirent donc au parc d'aviation, où l'équipe amenée par M. Nardin se mit aussitôt à l'œuvre, sous la direction du lieutenant Charly.

La journée s'acheva dans ces préparatifs; le champ où s'élevaient les hangars ressemblait à une énorme ruche bourdonnante. Il y avait là sept ou huit appareils que l'on réparait ou nettoyait entre deux vols, et le monoplan de Charly, qui profila bientôt ses ailes élégantes et son fuselage effilé sur la lisière du petit bois qui limitait le champ.

Alors, avec l'aide de Jacques et de Charly, M. Nardin fit installer le projecteur.

Le général en chef vint, pendant ce travail, visiter le parc des aéroplanes et, s'adressant au savant, le félicita sur le zèle patriotique qu'il déployait. Il salua d'un mot aimable Madeleine, quand il eut appris par suite de quelles circonstances elle se trouvait là.

Au loin, les canons des forts de Metz ponctuaient de quelques coups assourdis par l'éloignement cette soirée radieuse. Notre artillerie de siège, bien abritée derrière les terrassements, ripostait avec lenteur. Une sorte d'armistice tacite semblait régner dans les camps ennemis, tels deux lutteurs qui cesseraient un moment de s'étreindre pour reprendre des forces.

C'était le repos avant la bataille.

VIII

Dans les premières lueurs de l'aube, le monoplan s'apprêtait à s'envoler. Le lieutenant Charly terminait la vérification du moteur, qui ronflait de toute la force de ses cent vingt chevaux, en couchant derrière l'appareil l'herbe du pré, pendant que les aides retenaient de toutes leurs forces l'oiseau prêt à prendre son vol. Jacques prenait congé de Madeleine et de M. Nardin. La jeune fille, toute frissonnante en songeant aux dangers qu'allait courir son fiancé, le regardait avec des yeux suppliants, comme si elle eût voulu lui adresser une question. Jacques la comprit et, s'approchant d'elle :

— Ne craignez rien, lui dit-il, j'ai toujours votre médaille!

Madeleine eut un sourire triste et parut rassurée.

Cependant, Charly coupait l'allumage et descendait de son siège.

— Tout va bien, dit-il ; nous pouvons partir.

Jacques adressa rapidement un dernier adieu à ses amis et s'installa dans l'appareil.

Sa place était en avant du pilote ; de la sorte, il avait, devant lui, l'horizon complètement dégagé. Le moteur avait été reporté en arrière, et le violent courant d'air produit par les ailes de l'hélice placée tout en queue du fuselage ne pouvait pas gêner les aviateurs. Jacques s'assura que son projecteur était au point ; il le régla pour pouvoir commodément en suivre le déplacement à la lunette, et se coiffa du casque muni du porte-voix qui devait lui permettre de communiquer avec Charly. Le moteur ronfla de nouveau ; l'oiseau de toile frissonna tout entier, comme impatient de prendre son vol. Enfin, Charly fit le signal, et le léger monoplan, après avoir roulé sur le gazon, s'éleva rapidement dans la direction de Metz.

Les aviateurs suivirent d'abord la voie ferrée de Verdun, dépassèrent Batilly, Amanvillers, et Charly, qui repérait sa route sur la carte étalée devant lui, dit à Jacques :

— Voyez donc, droit devant nous, le fort Haeseler !

Lauderet aperçut cette forteresse redoutable, ces terrassements énormes qui abritaient des casernes, des poudrières. Il dirigea vers ce but son projecteur, dans l'espoir de rencontrer quelques coffres à munitions qu'il eût fait infailliblement sauter. Mais, ce fut en vain ; l'aéroplane, dans sa course rapide, dépassa le fort sans résultat. Jacques découvrit, à ce moment, les calottes de deux coupoles cuirassées qu'il n'avait pas encore remarquées.

— Retournons, dit-il à Charly, passons encore une fois sur le fort.

Le pilote obéit ; le monoplan docile accomplit un rapide virage et se dirigea de nouveau sur les casemates. Dans la forteresse, on voyait courir des soldats affairés qui, sans doute, allaient tirer sur l'aéroplane ; Jacques, attentif à sa manœuvre, visait toujours l'une des deux coupoles qui émergeait au ras de terre. C'était une tourelle à éclipse qui ne devait se soulever qu'au départ du coup de canon.

Comme un volcan qui fût subitement entré en éruption, on vit sauter, chassée du sol par une force irrésistible, une énorme colonne de terre au sein de laquelle on distingua des masses monstrueuses de métal. La coupole à éclipses, qui contenait sa soute à munitions dans le pivot métallique, avait été touchée par l'effluve électrique, et elle venait de sauter !

La colonne de fumée noirâtre se dispersa, les débris de toute sorte retombèrent épars, et l'on aperçut, à la place de la redoutable tourelle, un trou béant d'où émergeaient des maçonneries disloquées et des pièces de métal tordues et sans forme.

Le monoplan, sans s'attarder devant ce spectacle, virait de nouveau pour revenir vers la deuxième coupole. Les deux lieutenants n'avaient pas échangé une seule parole ; mais à ce moment, à quelques mètres en avant de l'appareil, un obus éclata. Le fracas du moteur ne couvrit pas la détonation sèche du projectile ; Charly, nerveux, donna un coup de volant qui modifia tout de suite la direction. Il était temps ! un deuxième obus éclata, qui sûrement aurait atteint le monoplan sans la manœuvre rapide de Charly.

Jacques entendit la voix de son camarade qui lui disait, sur un ton de bonne humeur :

— Pressez-vous, Lauderet ! Il ne fait pas bon rester dans ces parages ! Ces animaux-là nous empêchent d'opérer rapidement ! Attention, voilà pour nous !

En apercevant, dans le fort, le canon braqué sur eux, Charly venait de voir la lueur brève indiquant qu'un coup partait.

Cette fois, le projectile éclata trop bas, et le monoplan continua sa course folle, violemment secoué par les perpétuels changements de direction que lui imprimait Charly.

Enfin, la deuxième coupole sauta, comme la première ; Jacques entendit la voix de Charly :

— Bravo, Lauderet ! A qui le tour ? Dites donc, si vous faisiez taire ce canon bavard qui nous a pris pour cible ? Allons-y !

Et l'intrépide Charly dirigea de nouveau son monoplan vers le fort d'où l'obusier continuait son tir. La mitraille volait toujours autour de l'aéroplane ; Jacques entendit un claquement sec ; tout l'appareil fut secoué par un frisson terrifiant et s'inclina brusquement sur le côté comme si son équilibre eût été rompu ; le jeune homme crut qu'ils tombaient.

— Ce n'est rien, dit tranquillement Charly en redressant l'appareil ; nous avons du plomb dans l'aile, voilà tout ! Il nous faut faire demi-tour et rentrer, car il est inutile de risquer une chute ; c'est là le plus ennuyeux ! Mais, auparavant, tâchez donc de régler le sort de ce général !

— C'est fait ! répondit brièvement Jacques.

Charly regarda ; le caisson placé près du canon venait de sauter, renversant la pièce et dispersant les servants. Lauderet eut à peine le temps d'apercevoir la panique produite dans le fort par cette explosion. Dans le virage du monoplan pour revenir au parc, il distingua, vers Metz, la haute flèche de la cathédrale Saint-Étienne, les monuments de la grande cité, la Moselle et la Seille, le canal et les diverses voies ferrées convergeant vers la ville. Mais il vit tout cela comme en rêve, le cœur tenaillé par l'anxiété que lui causait la blessure de l'aéro ; et Charly lui disait :

— C'est malheureux ! Si nous avions été valides, nous aurions pu rendre encore bien des services ! Regardez à gauche ! On se bat ! Voyez toutes ces troupes, ces cavaliers qui galopent, ces canons qui tirent ! Les Allemands tentent une sortie ! C'est une guigne ! Mais nous n'irions pas jusque là-bas. Ne pouvez-vous rien essayer d'ici ?

Jacques fit signe que non ! Le sol fuyait sous eux, et l'ennemi restait en arrière de l'aéroplane. On distinguait maintenant les troupes françaises massées sur les hauteurs qui dominent la rive gauche de la Moselle, au sud de Rezonville ; bientôt après, on distingua le quartier général, l'aéroplane se rapprocha de terre et vint se poser sans encombre près du parc.

Les sapeurs du génie accoururent pour aider les aviateurs et ramener l'appareil à son hangar. L'aile avait été traversée par un éclat de mitraille qui avait brisé net une lame de bois de l'ossature et déchiré la double enveloppe de soie. La surface portante s'était donc trouvée réduite, et, pour se maintenir en l'air, Charly avait dû faire rendre à son moteur sa puissance maxima pour revenir atterrir au parc. Il avait eu raison : jamais l'aéroplane n'aurait pu atteindre le champ de la bataille actuelle.

Des hangars on entendait la canonnade ininterrompue, et les divers aéroplanes dont disposait l'armée évoluaient entre le quartier général et le théâtre des opérations, portant les ordres ou transmettant des renseignements. Un capitaine d'état-major s'approcha :

— Le général vous fait demander le résultat de votre reconnaissance.

Jacques lui exposa ce qu'ils avaient fait, les deux coupoles
anéanties, l'avarie reçue par l'appareil et le mouvement des
troupes allemandes qu'ils avaient aperçues, se dirigeant vers
Frescaty.

— Et maintenant, continua Jacques, je désirerais repartir
au plus tôt pour rejoindre nos troupes, avec le projecteur
automobile.

— Le projecteur ? reprit le capitaine, il est déjà parti ! Le
général désirait le voir entrer en action dès que l'attaque allemande se fut dessinée. M. Nardin a insisté pour qu'on lui permette d'accompagner le lieutenant Varlet ; le général y a consenti, et, aussitôt, ils se sont mis en route.

Malgré son dépit d'être condamné à rester inactif, il n'y
avait rien à faire, et Jacques ne put s'empêcher d'admirer le
vieillard qui ne craignait pas de braver les dangers des champs
de bataille et qui réclamait un poste périlleux comme d'autres
eussent revendiqué des honneurs.

Pendant qu'on réparait, en toute hâte, le monoplan de
Charly, Jacques se dirigea vers le logis de M. Nardin. Il
aperçut Madeleine, anxieuse, qui épiait de sa fenêtre le retour
de son père et de son fiancé. Quand elle vit Jacques, elle courut
vers lui :

— Quel bonheur ! dit-elle, vous n'avez pas eu d'accident ?
J'ai eu si peur pendant toute votre absence ! Quels dangers
vous avez courus! Et mon père, avez-vous su? Il a voulu partir!
Mais lui, je veux l'espérer, ne court aucun risque. Le général,
devant moi, lui a bien recommandé la prudence ; mon père a
répondu : « Mon général, il ne serait pas raisonnable d'exposer
le projecteur, car nous savons que, pour quelques jours encore,
cet appareil et celui du lieutenant Charly sont les deux seuls
dont puisse disposer l'armée. Nous saurons donc être prudents ! » Pauvre père ! Il pensait au projecteur, et il s'oubliait
lui-même ! Figurez-vous, Jacques, qu'en partant, mon père
avait l'air radieux. Il m'a embrassée avec effusion, et m'a dit :
« A bientôt ! Vive la France ! » Jamais je ne l'avais vu dans une

joie pareille ! Dites-moi la vérité, Jacques, il ne court aucun danger ?

— Vous avez entendu vous-même, Madeleine, ce qu'il a dit au général. Là-bas, je le considère en sûreté autant qu'ici.

Ils restèrent ainsi pendant longtemps, dans l'attente du retour de M. Nardin. Sur la place, devant la maison, c'était un incessant va-et-vient d'estafettes à cheval ou à bicyclette ; puis, c'étaient des convois composés de caissons lourdement chargés qui passaient au trot en ébranlant les vitres. Ensuite commencèrent à défiler les voitures d'ambulance qui ramenaient de là-bas, de Rezonville, les blessés qu'on entendait gémir. Jacques et Madeleine eurent un frisson lorsqu'ils revirent le petit drapeau de la Croix-Rouge. A tous deux, cet emblème rappelait les souffrances passées, et peut-être, qui sait ? d'autres souffrances à venir. Madeleine devait reprendre le lendemain matin son service d'infirmière à l'hôpital de Verdun, et Jacques n'aspirait qu'après le moment où les vingt projecteurs, actuellement en construction à Paris, seraient terminés pour pouvoir prodiguer leur puissance au service de notre armée.

Là-bas, dans la direction de Rezonville, la canonnade continuait aussi violente, dominée fréquemment par le bruit grave et formidable du canon des forts, tandis que, sans interruption, le crépitement de la fusillade roulait sur toute la ligne.

La pluie s'était mise à tomber, et l'incessant défilé de caissons et de voitures, dans la rue du village, prenait un air lugubre. Sur leurs chevaux fumants et mouillés, les conducteurs s'étaient couverts de leur grand manteau, fripé par un séjour prolongé sur les courroies de charge de la selle. Pour éviter de laisser s'accumuler l'eau de pluie dans le dessus des képis, les soldats les avaient défoncés, et ces coiffures, devenues hautes, achevaient, sous l'averse qui devenait plus violente, d'accroître par leur aspect étrange la tristesse du spectacle.

La bataille continuait toujours, et toujours aussi continuait l'interminable défilé des voitures de toute sorte qui ravitaillaient l'armée ou évacuaient les blessés. Jacques et Madeleine, gagnés, eux aussi, par la tristesse générale, regardaient derrière

les rideaux, et leur cœur, peu à peu, s'étreignait d'une vague
et indéfinissable angoisse.....

IX

Cependant, les heures s'écoulaient et l'alarme des deux
jeunes gens grandissait en ne voyant pas revenir M. Nardin.
Qu'était-il arrivé ? Varlet et lui continuaient-ils à manœuvrer
victorieusement leur projecteur ? Avaient-ils eu une panne
d'auto ? Ou bien encore ?.... Mais non ! A l'idée que quelque
malheur avait pu leur arriver, Jacques se révoltait ! C'était
impossible ! Il sortit pour chasser cette idée qui l'obsédait
toujours plus lancinante, et aussi pour éviter une question
que Madeleine eût pu lui poser et qui eût ravivé ses anxiétés
en les confirmant.

Il prétexta donc à la jeune fille qu'il allait voir au parc si
la réparation du monoplan de Charly s'avançait, et s'il pourrait avoir quelques renseignements sur la bataille. Dehors, la
pluie s'était un peu calmée ; néanmoins, le temps demeurait
lourd et menaçant. Du côté de l'Allemagne, de gros nuages
gris, formidables d'aspect, montaient à l'horizon, sillonné par
des éclairs. Au bruit du canon se mêlait maintenant le grondement lointain du tonnerre. Jacques pressa le pas ; au parc, il
vit l'aéroplane qui n'était pas encore prêt ; Charly s'impatientait de ce retard, et, pour activer la réparation, travaillait lui-
même avec les sapeurs. Sur la route, quelques cavaliers revenaient du champ de bataille, conducteurs de convois vides ou
de voitures d'ambulance pleines ; Lauderet les interrogea vainement ; il marcha sous la pluie et fit plusieurs kilomètres
à l'aventure ; il se sentait dépaysé dans ces lieux où tous ses
camarades se battaient, exposaient leur vie, alors que lui seul
se morfondait dans l'attente. Puis l'orage éclata ; la pluie,
furieuse et diluvienne, se remit à tomber, noyant les routes,
transperçant les vêtements ; Jacques reprit le chemin du village et revint trouver Madeleine.

Il l'avait rejoint depuis peu de temps quand un infirmier

vint frapper à la porte. Saisi d'un funèbre pressentiment à la vue du brassard, Jacques courut lui ouvrir.

— Le lieutenant Lauderet ? demanda le soldat.

— C'est moi, répondit Jacques, haletant.

— Le lieutenant Varlet vous demande à l'ambulance !

— Il est blessé ?

— Oui ! grièvement à la jambe ; un éclat d'obus !

Lauderet se sentit défaillir ; une question lui torturait l'esprit : Qu'était devenu M. Nardin ? Si Varlet était blessé, le savant l'était-il également ? Oh ! interroger cet homme ! Jacques en brûlait d'envie, mais il n'osait pas ; d'abord parce qu'il craignait d'apprendre une nouvelle terrible, ensuite parce qu'il sentait là, tout près, Madeleine, anxieuse, qui devait ne pas perdre un mot des paroles de l'infirmier.

D'ailleurs, ce silence dura seulement quelques secondes. La jeune fille, en effet, avait tout entendu ; elle se précipita vers le soldat, et lui cria d'une voix déchirante :

— Et mon père ?

L'infirmier eut un regard plein de surprise ; il lut la même question dans les yeux de Jacques, et parut tout indécis. Enfin, il dit d'une voix triste et mal assurée :

— Ah ! oui ! le civil, âgé, à la barbe blanche ? Eh bien ! il est aussi à l'ambulance de l'école des garçons !

— Est-il ?.... demanda Jacques en tremblant.

Il n'acheva pas, n'ayant pas la force de prononcer le mot qu'il redoutait d'entendre. Mais l'infirmier avait compris.

— Oui ! dit-il, il est également blessé !

Madeleine n'écoutait plus ; elle courait déjà vers l'école où l'on venait de lui dire qu'était l'ambulance. Elle allait, tête nue, sous l'orage aux lueurs aveuglantes, parmi le fracas de la foudre, au milieu de la cohue des voitures et des cavaliers. Jacques et l'infirmier la suivirent en courant. Dans la cour de l'école, c'était un encombrement lamentable de véhicules. Les drapeaux blancs à Croix de Genève pendaient, fripés par la pluie, le long des courtes hampes qui les fixaient sur les fourgons. Les infirmiers s'empressaient, transportaient les blessés, et les voitures, déchargées de leurs douloureux voyageurs, reprenaient sous l'averse le chemin du champ de bataille.

Madeleine franchit cette cour encombrée, suivie de Jacques. L'infirmier prit les devants et les fit entrer au fond du vestibule, dans une salle de classe où l'on voyait plusieurs civières étendues le long des murs. Sur le seuil de la porte, la jeune fille s'arrêta ; il lui sembla que son cœur se brisait. Elle hésita tout d'abord à regarder ces malheureux parmi lesquels elle savait trouver son père. Cependant, le médecin s'approcha d'elle et la salua ; timidement, elle demanda :

— M. Nardin ?

— Là ! répondit tout bas le major.

Sur la civière désignée, un corps immobile était étendu ; Madeleine fléchit sur les genoux avec des sanglots.

— Le bras gauche fracassé, murmura le médecin à l'oreille de Jacques, et, en plus, une contusion énorme à la poitrine, vers l'aisselle droite. Je crains une perforation du poumon. J'ai attendu pour examiner le blessé de ce côté-là. Quant au bras, je l'ai soigné, mais je crois que l'amputation serait nécessaire.

Jacques, cependant, s'était penché vers Madeleine ; à travers ses larmes, la jeune fille épiait les moindres mouvements du blessé. Elle lui parlait à mi-voix, l'appelant : papa ! papa ! M. Nardin, les yeux clos, le corps rigide, semblait évanoui.

— Voulez-vous me permettre, Mademoiselle, lui dit le major en s'approchant à son tour du blessé ; je voudrais examiner la cage thoracique.

Madeleine se releva ; elle écarta doucement l'infirmier, lui prit des mains la cuvette d'eau bouillie et les bandes de pansement qu'il apportait, et, surmontant sa défaillance, elle dit au médecin d'une voix qu'elle s'efforçait d'affermir :

— Je vais vous aider, Monsieur le major ; je suis infirmière de la Croix-Rouge !

Le médecin se mit à l'ouvrage ; il essaya de déplacer les vêtements du blessé, mais la douleur arracha un faible gémissement à M. Nardin.

— Allons, dit le major, mieux vaut couper les vêtements ; nous irons plus vite ! Des ciseaux !

L'infirmier lui en tendit, et l'étoffe tomba. Quand la chemise fut coupée, l'on aperçut, un peu en avant du bras droit, une large plaque noirâtre. Ce n'était pas une blessure, le sang n'en coulait pas ; il semblait plutôt que M. Nardin eût reçu un coup formidable. Le docteur palpa cette large ecchymose et la sentit céder sous la pression de sa main.

— Oui, c'est bien ce que je pensais, dit-il à mi-voix ; il y a fractures des côtes ; trois, au moins, sont cassées. Oh ! murmura-t-il à l'oreille de Jacques agenouillé près de lui et qui soutenait la tête de M. Nardin, quel coup le malheureux a reçu ! Dites-moi, continua-t-il en s'adressant au savant, est-ce que je vous fais mal ?

Le blessé hocha négativement la tête. Le docteur appuya plus fort ; la peau, molle et flasque, s'enfonça davantage.

— Et maintenant ? questionna de nouveau le major.

Nouveau hochement de tête négatif. Le docteur eut un geste impatienté, et pressa davantage.

— Et maintenant ? demanda-t-il encore d'une voix légèrement nerveuse.

La main s'enfonçait de la moitié de la longueur des doigts.

Le blessé, les yeux toujours fermés, continua à nier.

— Oh ! fit le docteur désespéré en appuyant plus fort, dites-moi donc que je vous fais mal !

— Docteur ! s'écria Madeleine d'un ton de reproche et de douleur, comme si chaque pression de la main du major sur la blessure eût meurtri davantage son propre cœur.

Le blessé, sans paraître entendre le cri de Madeleine, fit encore une fois son geste négatif. Le major haussa les épaules, se leva, et tâta le pouls de M. Nardin. Puis il reposa le poignet sur la civière et, se penchant à l'oreille de Jacques, lui dit tout bas :

— J'aurais bien préféré lui faire mal ! Il ne sent rien, donc il est perdu ! Le poumon est perforé et le pouls file, file !..... Plus d'espoir !

Puis, se tournant vers Madeleine, il lui dit d'une voix émue :

— Pouvez-vous m'aider, Mademoiselle, à bander la poitrine de notre blessé ?

— Oui ! reprit Madeleine anxieuse ; comment va-t-il ?

— Je pense que demain nous pourrons faire transporter Monsieur votre père à l'hôpital de Verdun où il aura des soins moins primitifs qu'ici, répondit évasivement le docteur.

Le pansement commença. Il fallut entourer cette pauvre poitrine défoncée d'un linge que l'on tendit fortement pour maintenir en place les côtes fracturées. Le blessé se laissa faire sans une plainte, sans un geste.

Quand ce fut fini, quand le malheureux savant fut allongé de nouveau sur le brancard qui lui servait de lit, Madeleine qui, malgré son anxiété, voulait être rassurée, se pencha sur le cher visage et l'embrassa pieusement.

Le docteur s'était éloigné, soignant d'autres blessures ; dehors, l'orage continuait, alourdissant encore l'atmosphère étouffante ; dans l'obscurité qui envahissait la salle, les éclairs incessants jetaient des lueurs violentes qui faisaient tressaillir les blessés sur leur civière ; le tonnerre ébranlait les vitres et se mêlait aux bruits des allants et des venants qui remplissaient l'école.

Dans la salle de classe où gisait M. Nardin, l'infirmier de garde allait d'un blessé à l'autre, et Madeleine, toujours penchée sur le brancard, cherchait à surprendre quelque geste, quelque mouvement de ce mourant inerte dont la pâleur de cire se confondait avec la blancheur de la barbe.

Jacques, perdu dans une douleur sincère, se tenait près de sa fiancée. L'infirmier vint le toucher à l'épaule.

— Mon lieutenant, lui dit-il, il y a un blessé qui vous demande.

Jacques, surpris, suivit le soldat qui lui désigna, sur une civière, dans un angle de la salle, quelqu'un qu'il ne reconnut pas tout d'abord. Il s'approcha :

— Tiens ! Varlet ! Ah ! mon pauvre ami !

Dans sa douleur, Jacques l'avait oublié.

Varlet lui tendit la main, Lauderet la saisit avec empressement.

— Je suis blessé, mon cher, j'ai la jambe brisée par un éclat de mitraille. Je ne sais encore si l'on m'amputera, le major paraissait indécis. Comment va M. Nardin?

Jacques n'osa pas lui dire la cruelle vérité, de crainte d'accroître la fièvre qui brillait dans les yeux de Varlet.

— Espérons qu'il guérira, lui dit-il, mais il est gravement atteint!

— Cela ne m'étonne pas, répondit Varlet d'une voix haletante. Je l'ai vu tomber. Ah! les bandits! ils nous ont bien arrangés! N'importe, nous aussi, nous leur avons fait payer nos blessures! C'était un plaisir de voir sauter les caissons! M. Nardin lui-même en était stupéfait! Tout à coup, à trois pas de notre auto, vint se planter en terre un obus venu je ne sais d'où. Pas le temps de crier : « Gare! » Les cailloux de la route se soulevèrent, le fracas de l'explosion nous assourdit, et notre voiture, toute disloquée, fut précipitée contre un arbre qui bordait le chemin. Je ressentis une douleur atroce à la jambe, et M. Nardin, qui était derrière moi, fut projeté, avec une violence inouïe, contre le tronc de l'arbre qui acheva de pulvériser notre auto. Je me retrouvai étendu dans le fossé, près de lui, qui ne donnait plus signe de vie.

Malgré les souffrances que j'endurais à chaque mouvement, je pus m'asseoir sur l'accotement du fossé, et j'eus l'idée de regarder ce qui restait du projecteur. Lui aussi gisait en mille morceaux, le miroir brisé, hors d'usage, la bobine, la dynamo, le trembleur, les contacts, tout cela haché, tordu, pêle-mêle avec le moteur et le châssis de la voiture. Alors, quand j'ai vu que les Allemands ne pourraient tirer aucun parti de cette ferraille, si par malheur elle venait à tomber entre leurs mains, j'ai été content et je me suis évanoui. Quand je revins à moi, on me transportait à l'ambulance, d'où j'ai pensé bien faire en vous envoyant chercher.

Varlet se tut; cet effort l'avait fatigué, il ferma les yeux. Jacques lui dit à voix basse :

— Reposez-vous, je ne m'éloigne pas!

Et, sur la pointe des pieds, il revint près de M. Nardin.

A côté de Madeleine, il aperçut un prêtre agenouillé : c'était le curé du village, qui, sachant une ambulance installée dans l'école, avait sollicité l'autorisation d'y venir assister les blessés. Jacques, pendant son séjour auprès de Varlet, ne s'était pas aperçu de son arrivée. Penché sur le mourant, le prêtre maintenant lui parlait à mi-voix, pendant que Madeleine, en voyant revenir Jacques, le rejoignait de l'autre côté de la civière. Lauderet remarqua le signe de croix discret et rapide que le curé traçait en bénissant le moribond. Quand il se releva, il aperçut Jacques auprès de Madeleine. M. Nardin, le visage très calme, les traits reposés, ouvrit lentement les yeux et vit aussi les deux jeunes gens. Son regard s'emplit d'une inexprimable tendresse, et Jacques comprit qu'il voulait lui parler. Il se pencha vers le blessé, qui lui dit, d'une voix déjà lointaine :

— Le projecteur?

Pour ce savant patriote, c'était là le souci.

— Il est détruit, Monsieur ; les Allemands ne l'auront pas!

— Alors, je suis content, répondit le savant avec peine ; j'ai rempli mon devoir envers la France et envers Dieu!

Il se tut, épuisé. Madeleine, gagnée peu à peu par l'anxiété, pleurait en silence, assise sur une caisse, à la tête du brancard. Près d'elle, Jacques regardait machinalement ce moribond et cette jeune fille anéantie dans sa douleur.

Il y avait, pendus aux murs, tout le tour de la classe, de grands panneaux coloriés que le maître employait pour instruire ses élèves. L'un représentait les mesures du système métrique, un autre la carte de France.

Par un contraste douloureux, le panneau qui dominait le brancard où agonisait M. Nardin représentait les oiseaux et les plantes utiles, et les fleurs que l'on y distinguait semblaient prêtes à être parsemées sur le linceul d'un mort.

Le curé, qui avait achevé de prodiguer les secours de son ministère aux blessés de la salle, repassa près de Jacques et s'approcha du mourant.

M. Nardin eut un geste imperceptible, mais Madeleine le vit et comprit :

— Monsieur le Curé! appela-t-elle à mi-voix.

Le prêtre s'arrêta. Entre deux râles, le moribond murmura :

— Mes enfants..... Fiancés..... Bénissez-les, mon Dieu!

En cet instant solennel, tout le tumulte qui retentissait autour de l'école parut s'apaiser, et ce suprême appel du blessé demandant une bénédiction pour les jeunes gens fut entendu dans toute la salle. Les gémissements cessèrent, et Varlet, qui parvint à se soulever sur sa civière, put voir, à la lueur fulgurante d'un éclair, le geste du prêtre traçant un signe de croix sur les fiancés agenouillés près du mourant. Tous deux avaient pris la main du vieillard, et les pauvres lèvres exsangues s'agitaient encore en murmurant aussi leur bénédiction. Comme pour ponctuer la solennité de cet acte, un coup de tonnerre roula, puissant et terrible, et l'orage redoubla de violence. Alors le curé se retira ; les fiancés, si tragiquement unis, demeurèrent longtemps à genoux près du vieillard inerte.

Madeleine, en épiant le souffle du mourant, entendit son père murmurer :

— Mes enfants!... Mon Dieu!

Ce fut tout.

Au bout d'un long moment, Jacques se releva ; l'orage s'était calmé, la nuit était arrivée. La jeune fille, vaincue par la fatigue, s'était assoupie, la tête sur le bras de la civière. La main de Lauderet effleura celle du vieillard, déjà froide et rigide.

M. Nardin était mort. Le savant patriote avait rendu sa belle âme à Dieu.

X

Trois jours après la mort du savant, pendant lesquels Jacques avait renouvelé ses exploits en aéroplane et Madeleine rendu pieusement les derniers devoirs à son père, Lauderet recevait du ministre l'ordre de se rendre à Mourmelon pour y donner aux lieutenants désignés pour la manœuvre des vingt projecteurs terminés l'instruction nécessaire. Douze de ces appareils avaient été montés sur des aéroplanes et huit sur des automobiles. Chacune de nos trois armées opérant contre les Allemands, celle de Metz, celle de Nancy et celle de Belfort, devait recevoir trois aéroplanes et deux autos. Les autres projecteurs resteraient en réserve.

L'instruction relative à la manœuvre était facile. En deux jours, les officiers que Jacques forma furent prêts à remplir leurs fonctions.

Les trois colonnes se mirent alors rapidement en route pour rejoindre chacune leur quartier général.

Mais leur départ ne laissa pas Jacques inactif. Dans les notes qu'avait laissées M. Nardin, certains calculs, l'avaient intrigué, et quelques croquis furent pour lui une révélation : au moment de mourir, le savant achevait de mettre au point une nouvelle application du projecteur d'ondes électriques, et grâce à ce perfectionnement que Jacques déchiffra dans les notes qui remplissaient le carnet qu'il avait recueilli sur le corps de son maître, on allait pouvoir faire sauter, à plusieurs kilomètres de distance, les cuirassés les plus puissants. Une note de M. Nardin, parmi les chiffres et les figures, décelait d'ailleurs la pensée qui l'avait fait agir :

Les catastrophes mal expliquées de l'*Iéna* et de la *Liberté* qui ont sauté en rade de Toulon, écrivait le savant, n'auraient-elles pas été provoquées par un courant électrique analogue à celui que nous employons dans nos projecteurs ? La présence du poste radiographique du Mourillon qui domine la rade de Toulon et l'installation, à bord de tous les cuirassés, d'appareils analogues de télégraphie sans fil n'ont-elles pas pu déterminer, à un moment donné, une concordance d'ondes électriques telles que les malheureux cuirassés aient été enveloppés dans l'effluve électrique qui, dans son déplacement, aurait déterminé un fatal extra-courant de rupture ?

Jacques avait l'esprit trop prompt pour ne pas saisir du premier coup toute l'importance de cette découverte en même temps que tous les dispositifs de l'invention. Aussi, dès qu'il fut débarrassé des élèves qu'il était venu former à Mourmelon, vint-il supplier le ministre de la Guerre de le présenter à son collègue de la Marine.

Devant les résultats merveilleux obtenus déjà, celui-ci s'empressa de mettre les ateliers des arsenaux à la disposition de Jacques et de l'autoriser à monter un de ses projecteurs sur le superbe croiseur-cuirassé *la Revanche*, la plus rapide de toutes nos unités de gros tonnage.

Le ministre de la Marine, entouré de nombreux amiraux, tint à assister en personne à l'essai définitif que Jacques fit au large de Cherbourg, essai sensationnel dans lequel le vieux cuirassé *Trident*, jusqu'alors réservé comme but aux tirs des escadres, fut chargé de munitions et sauta, comme avaient sauté les caissons et les forts allemands, atteint à 8 kilomètres de distance par le terrifiant faisceau que manœuvrait l'ingénieur.

Immédiatement, le commandant de la *Revanche*, se conformant aux ordres du ministre, mit le cap sur la mer du Nord où l'escadre anglaise, notre alliée, maintenait en respect la flotte allemande pendant que nos navires assuraient, dans la Méditerranée et dans l'Océan, la liberté de nos côtes et de nos ports.

Quelques heures après, par une nuit noire et sans lune, le croiseur avait franchi le Pas-de-Calais et pénétrait dans la zone où devaient se trouver les escadres anglaises. Le commandant, qui marchait maintenant tous feux masqués et à petite vitesse, fut soudain prévenu que ses appareils de télégraphie sans fil recevaient des messages échangés par les navires anglais. Il se les fit communiquer et déchiffra leur langage conventionnel.

Sans nul doute, ces nouvelles étaient de la plus haute importance, car le commandant, très ému, donna l'ordre de pousser la vitesse au maximum dans la direction Nord-Nord-Est. Le navire frissonna des mâts à la quille et fendit la mer houleuse de toute la vitesse de ses 35 nœuds à l'heure.

Quand, au point du jour, Jacques vint trouver le commandant, celui-ci l'accueillit par ces paroles :

— Préparez-vous, lieutenant ; nous allons pouvoir utiliser la puissance de votre projecteur. Cette nuit, en effet, j'ai reçu par télégraphie sans fil, l'avis qu'une escadre allemande forte de trois cuirassés, de plusieurs croiseurs et de transports charbonniers, faisait route vers le Nord, à l'allure d'environ douze nœuds. Les messages indiquaient à peu près le point où cette force avait été aperçue par les éclaireurs anglais. La composition de cette division navale, sa direction, semblent indiquer une expédition de longue haleine, et le but de cette croisière doit être, soit le bombardement de quelques points de la côte Ouest de l'Angleterre, soit même, ce qui serait plus hardi mais nullement impossible, une démonstration contre quelque port de notre littoral sur l'Océan. Peut-être est-ce une simple diversion destinée à détourner l'attention de la flotte anglaise, dont plusieurs unités rapides sont, à l'heure actuelle, à la poursuite de la division allemande. Heureusement, nous sommes encore plus rapides que nos alliés, et nous allons pouvoir, sans tirer un seul coup de canon, anéantir notre adversaire. Etant données notre allure et la leur je pense que, s'ils ont persisté dans la direction qu'on m'a indiquée, dans trois ou quatre heures nous prendrons contact avec l'ennemi que je vous charge de détruire.

Le temps s'écoula dans l'énervement de l'attente, et ce fut pour tous un réel soulagement quand une longue fumée noirâtre, s'étendant à l'horizon comme un nuage, signala la présence des navires poursuivis. Bientôt, les formes des cuirassés apparurent, grandirent, devinrent enfin distinctes.

Le commandant, à la lunette, reconnaissait les caractéristiques des vaisseaux ennemis :

— Les Allemands nous gâtent, dit-il à mi-voix ; voici trois de leurs plus récents cuirassés : quatre tourelles quadruples, type *Postdam* ; c'est un morceau de roi que nous allons nous offrir. Nous voici à 7 000 mètres, voulez-vous, lieutenant, cueillir ces messieurs ? Attention, continua-t-il en élevant la voix, nous sommes aperçus et pris pour cible, leur bordée vient de partir !

Le commandant avait aperçu les lueurs des coups qui avaient ponctué de leurs longues flammes rapides les flancs des cuirassés. La rafale de mitraille vint s'abattre à quelque distance de la *Revanche*, soulevant des vagues énormes et les monstrueux obus s'engloutirent dans les flots après plusieurs ricochets.

— Pressez-vous, lieutenant, dit brièvement le commandant ; dans un instant, il ne fera pas bon à cette place !

— Je suis prêt, répondit Lauderet, attention !

Les officiers du croiseur virent dans leur lunette s'échapper soudain de la coque de l'un des cuirassés une énorme volute

de fumée noire qui s'éleva lourdement, et, quelques secondes
après, un sourd grondement parvint à la *Revanche*. Quand
se fut dissipé le sinistre nuage, le cuirassé n'était plus là !

Successivement, les deux autres superdreadnougts sautèrent,
eux aussi !.....

Sur le pont du croiseur français, les officiers contemplaient,
dans un silence qu'une sorte de stupeur rendait plus émouvant
encore, ce petit lieutenant qui, posément, assis sur le chevalet
de son appareil, pouvait, à sept kilomètres de distance,
anéantir en un clin d'œil les plus formidables engins que
l'esprit humain peut concevoir.

Et lorsque, ramenant les transports charbonniers restés seuls
au milieu de la mer et que nous avions capturés sans résistance, notre croiseur rencontra l'escadre anglaise accourue
pour barrer la route à l'ennemi, lorsque le commandant de
la *Revanche* prévint de notre exploit le commodore anglais,
cet officier reçut la nouvelle avec un flegme tout britannique
et fit faire demi-tour à sa division. Mais son état-major con-
stata que sous son aspect indifférent, il paraissait très vexé de
la victoire que nous venions de lui enlever d'une si étourdissante façon.

<h2 style="text-align:center">XI</h2>

A partir de ce moment, toute lutte devint impossible. Sur
mer, les flottes allemandes furent anéanties avant d'avoir pu
causer le moindre dommage ; la *Revanche* suffit seule à cette
besogne, son armement redoutable et sa vitesse lui assurant
une sécurité parfaite et une supériorité sans égale. Sur terre,
les aéroplanes surtout causèrent à l'ennemi des pertes irrépa-
rables. Des régiments entiers étaient subitement anéantis par
l'explosion de leurs propres cartouches ; toute colonne d'artillerie fut détruite par nos aéroplanes alors que, bien loin des
vues de nos troupes, elle cheminait sur les routes ; toute la
flotte aérienne allemande fut annihilée, les *Zeppelin* sautèrent,
les *Parseval*, les *Gross* ; les aéroplanes eurent le même sort.
Successivement, toutes les coupoles métalliques qui dépen-

daient des forts firent explosion. D'ailleurs, les forts eux-
mêmes devenaient intenables depuis que nos aéroplanes et nos
dirigeables, n'étant plus gênés par la flotte aérienne ennemie,
pouvaient les couvrir de projectiles à la mélinite qui boulever-
saient les casemates, les parapets, les fortifications.

Simultanément, on apprit à Paris la capitulation de Metz et
la retraite précipitée des Allemands sur Strasbourg. Le sud de
l'Alsace restait entièrement reconquis. L'ennemi, refoulé partout, chassé de toutes ses positions, ruiné par l'anéantissement
de sa puissance navale, convaincu, d'ailleurs, de l'inutilité
de ses efforts dans une lutte où notre supériorité se manifestait
écrasante, finit par se résigner à demander la paix.

Le traité de Strasbourg, qui termina cette glorieuse campagne, nous rendit tous les territoires que le traité de Franc-
fort nous avait fait perdre, un demi-siècle plus tôt. Il y eut
dans toute la France des larmes de bonheur, un soulagement
joyeux en apprenant que l'Alsace et la Lorraine redevenaient
françaises. Quand on vit un Strasbourgeois intrépide monter
attacher un drapeau tricolore à la croix qui termine la flèche
du Münster, ce fut une explosion de bonheur inouïe. L'homme,
vu d'en bas, paraissait à peine visible, mais la flamme bleue,
blanche et rouge flottait joyeusement, et l'Alsace entière pal-
pita de joie comme la soie du drapeau palpitait à la brise.
Dans les rues, l'on s'arrêta pour applaudir ; les gens se serrèrent la main et l'on put lire sur tous les visages le bonheur
que causaient la fin de l'exil et le triomphe de nos armes.

Quand les deux plénipotentiaires eurent signé le traité qui
refoulait une fois de plus les Allemands au delà du Rhin, le
baron von Halbteuffel, qui représentait l'empereur, adressa
ses félicitations à son collègue français, avec un accent où
perçait l'amertume de la défaite, mais aussi l'admiration pour
le vainqueur :

— Vous avez triomphé, Monsieur, lui dit-il ; la deuxième
capitulation de Metz peut vous faire oublier la première, et,
en retrouvant l'Alsace et la Lorraine, vous pourrez ne plus
penser que vous les aviez perdues jadis. Mais soyez aussi certains que vous devez vos victoires à l'engin terrible et mer-

veilleux imaginé par vos ingénieurs ; vous pouvez vous en
montrer fiers et heureux!

Le mariage de Madeleine et de Jacques eut lieu quelques
mois plus tard, dans une intimité complète, que justifiait la
mort de M. Nardin. Les rares personnes qui assistèrent à l'arrivée du couple à l'église Sainte-Clotilde furent frappées en
voyant l'un des témoins du marié, décoré comme lui, marcher
à l'aide d'une béquille : c'était le brave lieutenant Verlet, qui
venait de quitter l'hôpital après un long et douloureux séjour.
Les médecins avaient pu lui éviter l'amputation, mais il demeurait infirme et n'était pas encore complètement remis.

Sitôt après leur union, les jeunes gens retournèrent à Pont-
sur-Goule, où l'usine de Jacques, rouverte depuis la fin des
hostilités, reprenait un essor prodigieux. Le visiteur attiré
dans cette usine unique, dont la renommée devenait univer-
selle, était frappé en voyant dans le bureau du patron un
magnifique portrait de M. Nardin ; et Jacques, en le désignant,
se plaisait à dire :

— Ce fut un grand savant, un grand Français, le bon artisan
de la victoire qui nous rendit notre frontière!

FIN

COLLECTION DE ROMANS POPULAIRES

POUR PARAITRE LE 1er AVRIL 1914

Les Ames fortes

par G. SAINT-GERMAIN

1854-13. — Imprimerie P. Féron-Vrau, 3 et 5, rue Bayard, Paris, VIIIe.

Imp. Paul Feron-Vrau
3 et 5, rue Bayard
PARIS

www.ingramcontent.com/pod-product-compliance
Ingram Content Group UK Ltd.
Pitfield, Milton Keynes, MK11 3LW, UK
UKHW021732090726
13657UKWH00002B/666